나를 쓰는 낙서 서른, 나는 사춘기

이선명 감성에세이

도서출판 청어

나를 쓰는 낙서
서른, 나는 사춘기

이선명 지음

발행처 · 도서출판 청어
발행인 · 이영철
영　업 · 이동호
기　획 · 최윤영 | 김홍순
편　집 · 김영신 | 방세화
디자인 · 김바라 | 오주연
인　쇄 · 두리터

등　록 · 1999년 5월 3일(제22-1541호)

1판 1쇄 인쇄 · 2012년 4월 25일
1판 1쇄 발행 · 2012년 5월　1일

주소 · 서울시 서초구 서초동 1588-1 신성빌딩 A동 412호
대표전화 · 586-0477
팩시밀리 · 586-0478

홈페이지 · www.chungeobook.com
E-mail · ppi20@hanmail.net
ISBN · 978-89-94638-97-3 (03810)

나를 쓰는 낙서
서른, 나는 사춘기

나를 쓰는 낙서
서른, 나는 사춘기

내게 쓴 엽서

하노이 노이바이 국제공항으로 간다
아직 버리지 못한 사진 한 장을 품고
낡은 여권과 배낭을 메고

재잘대던 친구도 없이 혼자서 조용히 먹는 기내식
카메라에도 미처 지우지 못한 그가 웃고 있다
루앙프라방, 형편없는 스탬프가 찍힌다

'날이 더울 때는 먹고 내키면 언제든지 춤추라'
낯선 곳에서 보내는, 익숙했던 그를 향한 한 장의 엽서
이제 눈물이 마르지 않아도 춤출 수 있을 것 같다

나를 찾아 떠나는 여행자에게 행운을
나이트마켓 소녀가 건네는 달팽이 목걸이
다시 치열한 삶으로 돌아가려 한다
영혼의 강장제, 마음의 고향이 되어준 루앙프라방
나는 스무 살과 성실히 이별했다

* 『행복이 오지 않으면 만나러 가야지』를 읽다가 문득

Contents

제 1 부

아이야

아이야 이젠 울지 않을 거지.
언젠간 우리 함께 꿈의 언덕에 올라
편견 없는 하늘을 안고 있을 거야.
조금만 더 참고 기다리자.
조금 늦는다고 도착하지 못하는 것은 아니니까.

서른 나기

서른 1

나는 방향을 잃었다. 나와 상관없이 삶이 흐르기 시작하면서 내 삶이 내 것이 아닐 수도 있다고 처음으로 느끼게 되었다. 바다 한가운데 바람이 분다. 그런데 그 방향은 하나가 아니다. 이곳에서도 저곳에서도 그리고 위에서도 아래에서도 불어오고 있다. 그래서 나는 흔들린다. 하지만 앞으로 나아가지 못한다. 다만 계속 흔들리며 정체해 있을 뿐이다.

서른 2

그 나이는 참으로 많은 나이라고 생각했고 그때도 철이 들지 않으면 실패한 인생처럼 문제가 있는 것이라 생각했다. 그런데 지금 내가 그 나이에 철없이 서 있다. 아직도 방황을 꿈꾸며 흔들리고 있다. 삶은 나이와 상관없다는 것을 이제야 깨닫게 된다.

서른 3

이제 보니 너는 크지도 그렇다고 작지도 않은 불쌍한 나이다. 무엇을 시작하기엔 너무 많이 온 듯하고, 안정을 찾아 삶에 순응하기엔 시간은 너무 많이 남아 있다. 그리하여 내게 다시 찾아온 것은 서른셋의 사춘기. 다시 홍역을 앓듯 고민하고 있다. 이제는 가볍지 않은 그 고민이 나를 잠 못 들게 하는 것이다.

서른 4

하지만 아직은 꿈꾸자. 늘 부족했던 가난한 과거와 시간이 야속할 내일을 걱정하며 하고 싶은 것을 지금 하자. 아직은 세상을 욕해도 부끄럽지 않을 나이, 우리를 패배자라 부를 수 있는 삶은 없다. 그러니 조금만 더 놀자. 내가 꿈꾸지 않은, 나와 상관없는 삶을 살며 가끔은 나를 위해 미치자. 그리고 또 펄쩍 뛰자. 시간은 정말 얼마 남지 않았다.

서른 5

여기까지만 놀아야 한다고 말한다.

서른 6

놀아 보니 삶은 이제 시작인 듯 새롭다.

서른 7

겁은 나이가 먹는 것이 아니라

서른 8

결국 포기가 먹는 것이다.

서른 9

나는 사춘기다.

바다 한가운데 바람이 분다.
이곳에서도 저곳에서도 그리고 위에서도 아래에서도 불어오고 있다.
하지만 앞으로 나아가지 못한다. 다만 계속 흔들리며 정체해 있을 뿐이다.

혼자와의 이별

　신혼임에도 불구하고 주말부부로 살고 있는 내게 사람들은 묻는다. 혼자 있으면 심심하지 않은지 또 혼자서 무엇을 하며 지내는지 궁금해한다. 그런 질문을 받을 때마다 다시 묻고 싶어진다. 글을 쓰는 시인이 혼자서 무엇을 하고 있을 것 같은지. 사실 답은 간단하다. 책을 읽거나 멍하니 상상 속으로 빠져들거나 아무거나 마구 메모하며 써본다.

　물론 처음부터 내 성격이 이처럼 시인다운 모습은 아니었다. 시인다운 모습이라는 말이 특별한 무엇이 있는 것처럼 거창해 쑥스럽지만, 사람은 삶의 방식에 따라 그 모습도 변해가는 것 같다.

　나의 처음 혼자 되기는 군대 시절인 것 같다. 몸에 맞지 않는 옷을 입고 납작하고 뭉툭한 평발로 힘겹게 생활했던 그 시절, 처음 맛보는 산속 추위와 그리움에 젖어 썼던 많은 시들, 그때 쓴 시 중에 몇몇 시가 지금도 사람들의 사랑을 받고 있다. 혼자라는 외로움은 그 허기진 마음만큼이나 큰 그리움으로 사람을 더 짙은 향기가 나게 하는 묘한 힘을 가지고 있는 듯하다.

그리고 나의 두 번째 혼자 되기는 취직을 위해 멀리 포항에서 연고도 없는 사람들 속에 섞여 열심히 생업에 전념하던 사회 초년생 시절이다. 당시 내겐 목표가 있었고, 가는 시간이 아깝기만 했다. 그래서 그 시절 내 힘으로 대학원을 마치는, 내가 봐도 장한 일을 해냈다.

마지막으로, 물론 정말 마지막이 될지 모르겠지만 나의 세 번째 혼자 되기는 지금이다. 그래도 다행인 것은 돈 안 되는 일이지만 겹벌이를 하는 바쁜 몸이다 보니 낮에는 직장에서, 밤에는 집에서 열심히 내 삶을 살아가고 있다. 혼자 지낸 시간이 4년쯤 되다 보니 세월만큼 많이 익숙해져 있다. 그리움을 자연스럽게 받아들이기 시작하면서부터 글이 더 성숙해졌다는 말도 종종 듣게 된다.

하지만 이제 나도 그리움보단 만남과 사랑과 나눔을 이야기하고 싶다. 젊은 날의 열정과 낭만으로 혼자 슬픈 사람처럼 울고 있는 것이 아니라, 사랑하는 아내를 위해 또 태어날

아이를 위해 그리고 늘 감사한 부모님과 또 늘 미안한 동생을 위해 고마운 마음을 전하며 살냄새 나게 살고 싶다.

처음부터 다시 말해야겠다. 혼자 되기는 익숙해질 수 없는 풍경이다. 그것이 시인이기에 운명처럼 따라다니는 그림자가 되었지만, 어디에도 시인이 행복하면 안 된다는 법은 없다. 혼자가 매력 있는 직업이 시인이라지만, 그래서 늘 그 외로움을 당연한 것처럼 살았지만, 그 혼자 됨이 좋은 사람은 없다.

참말 다행이었다. 어찌 보면 복이었고 감사였다. 시인은 혼자가 어울려 고마웠다. 그래도 이젠 안녕을 고하련다. 내 지난 모든 슬픔을 말하기에 앞서 혼자라는 외로움을 보내련다. 시인이 사치스러운 결혼까지 했다. 이제 행복을 전하는 시로 사람들에게 다가서고 싶다. 언제나 혼자 있어도 행복한 시인이었지만 나는 시와 결혼하지 않았다. 사랑하는 여자와 결혼했다. 그러니 외로움이여 안녕. 다시 네가 찾아올지도 모르지만 지금은 이별을 이야기할 때다.

사랑하며 아파하는
모든 외눈박이 물고기를 축복하며

1

당신은 고양이를 닮았습니다. 도시의 골목골목을 돌아다 녔습니다. 나는 나무를 닮았다고 했습니다. 바람 따라 흔들려도 늘 땅에 뿌리를 박고 있었습니다.

오늘도 고양이는 산 아래 나무를 지나 골목으로 갑니다. 먹이를 찾고 놀이를 찾고 가끔 화를 내거나 웃습니다. 나무는 산 아래 있습니다. 고양이가 지나가고 나면 고양이의 다음을 상상합니다. 하지만 나무는 고양이를 잘 모릅니다.

고양이는 자주 다치고 아파합니다. 그렇게 지칠 때만 나무를 찾아와 잠이 듭니다. 나무는 아픈 고양이를 맞습니다. 바람 소리도 잔잔하게 노래를 부릅니다.

고양이는 나무를 좋아합니다. 언제나 돌아갈 곳이 있어 다행이라 여깁니다. 고양이는 춥고 다치고 피곤할 때면 나무를 찾습니다. 나무는 그런 고양이를 안아줍니다. 그리고 언젠간 오래도록 함께할 것이라 믿습니다. 나무는 고양이를 사랑합니다. 둘은 함께 자며 다른 꿈을 꿉니다.

2

한 남자가 있습니다.
사랑받으면서도 사랑받는 줄 모르는
어리석은 남자입니다.

남자는 말합니다.
혼자이지만 외롭지 않다고
삶이 조금 재미없지만 견딜 만하다고.

남자의 말에 한 여자가 아파합니다.
자신도 모르게 눈물이 흐릅니다.
남자가 외롭지 않아 더욱 외로운 여자입니다.

여자는 소망합니다.
지금 흐르는 이 눈물이 봄비를 닮았으면 좋겠다고.
그래서 얼어붙은 남자의 마음을 녹이고

봄이 오듯 꽃이 피고 사랑하듯 꽃비가 내렸으면 좋겠다고.

혼자이지만 외롭지 않은 남자가 있습니다.
사랑하지만 슬픈 여자가 있습니다.
사랑은 어리석어 더욱 아름답습니다.

3
어느 겨울 당신은 남이섬이 되었고
꽁꽁 얼어 뱃길조차 열어주려 하지 않았다.
배도 꽁꽁 얼어 섬이 되고 있었다.

아무도 지나가지 않은 눈길을 밟는다. 당신이 모르는 약속
을 찾아 길을 잃었다. 언제나 조용히 웃음 짓던 그리움. 그대
가 오지 않으면 만나러 가야지. 그러면 당신이 나를 볼 수 있
을지 모른다. 아직 도착하지 않아 희망이 있었다.

그대가 오지 않으면 만나러 가야지.
사랑이 그리움에 갇힌 섬일지라도
나는 돛단배가 되어 다시 출렁이고 있었다.

당신이 부끄러움 많은 사람이라면 나는 다만 당신의 마음

을 걱정하는 사람, 길이 달라 길을 잃었다면 섬처럼 서 있는 그대를 향해 배를 띄워야지. 오래전부터 그런 시간이 필요했던 것처럼 당신을 향해 가야지.

누군가를 기다린다는 것은
아직 그가 오지 않았음이라.
이미 지난 것이 아니라
아직 도착하지 않아
희망이 미소 짓고 있음이라.

하지만 누군가를 기다린다는 것은 아직 그가 오지 않았기 때문이니…….

4

어디나 완벽한 곳은 없다. 사랑은 불편한 꽃나무 한 그루를 심는 것이다. 부족한 가운데 시작하는 것이다. 심은 땅에 물도 자주 주어야 하고, 영양이 풍부한 거름을 내어야 하며, 어린 꽃나무가 편히 자랄 수 있도록 잡초도 뽑아주어야 한다. 그러면 꽃나무는 여름의 목마름과 겨울의 칼바람을 견디고 문득 돌아본 어느 날 꽃을 피울 것이다.

거칠고 메마른 사막도

한 그루의 꽃나무로부터

오아시스가 시작되었다.

불편한 시간과 환경을 이기며 열매가 되었다.

사랑은 한 그루의 꽃나무를 심는 것이다.

마음의 어느 언저리에 불편한 사랑을 심어

가꾸고 견디고 끝내 이겨 결국 꽃을 피우는 것이다.

향기가 되고 열매가 되어 자라가는 것이다.

그대가 오지 않으면 만나러 가야지.
사랑이 그리움에 갇힌 섬일지라도
나는 돛단배가 되어 다시 출렁이고 있었다.

요리하는 아내

어제 저녁 아내는 요리를 했다.
나만을 위한 요리였다.
설익은 콩나물 무침과
밍밍한 콩나물국 그리고 두부 부침
누가 보면 콩을 무척 좋아하는 줄 알겠다.

귀여운 똘부 우리 마누라
블로그가 시킨 그대로만 했는데 맛이 없다며
얼굴을 붉혔다.

서방님 저녁 해주겠다며
새 냄비까지 태워먹은 아내.
민망한 듯 또 얼굴 붉히며
할아버지와 둘이 살 땐
요리도 많이 해보고 잘했는데 하며
몇 번이나 미안해한다.

아직은 아내보다는
연인의 모습이 더 어울리는 나의 새댁
(늘 그렇게 불러 달라 한다.)
광명역에서 짧은 신혼생활을 마무리했다.

벌써 그립다.
부산은 따뜻해야 하는데
두꺼운 옷을 준비하지 못해
아직도 가을 여자다.

한동안 또 혼자 식사다.
잠시 우울하기도 하지만
빵 다섯 개는 먹은 듯
마음은 든든하다.

나는 유부남이니까.
끝까지 사랑해야 하는
기쁜 책임을 하사받았으니
지치지 않는 열정으로
늘 행복을 살 일만 남았다.

눈치 보기

인덕원 시절의 이야기다.

그날도 지하철을 타고 퇴근을 하던 길이었다. 지금은 지하철 출입구에 에스컬레이터가 있지만, 당시는 설치 공사를 막 시작할 무렵이라 계단은 젊은 사람이 오가기에도 힘들 정도로 많은 수를 자랑했다.

퇴근 시간, 그날도 사람들은 바삐 계단을 오르내리고 있었고, 나 또한 반기는 사람 없는 임시 거처이지만 빨리 쉬고 싶은 마음 하나로 느린 걸음을 재촉하고 있었다. 비까지 한 차례 내린 뒤라 마음마저 젖어들어 축축 처지는 날이었다.

그런데 몇 계단을 올랐을까? 한 아주머니가 오가는 사람들 틈에 끼어 힘들어하고 계셨다. 작은 키에 자신의 몸집만한 짐을 두 개나 들고 그 많은 계단을 올라야 하니 무척 힘이 드신 모양이었다. 그래서 몇 번을 돌아보며 망설이다 도와드리기로 마음을 먹었다. 내 어머니와 같은 나이로 보이는 그분을 그냥 모른 척 지나치려니 누군가 뒤를 잡는 듯 견딜 수 없었다.

　아주머니께 짧게 눈인사를 하고 짐 하나를 번쩍 들어 막 옮기기를 시작하려는데, 그런데 아주머니께서 손사래를 치며 거절을 하셨다. 고맙지만 괜찮다는 표현이기보다는 나를 경계하는 표정이 역력했다. 나는 당황할 수밖에 없었다. 오가는 사람들도 무슨 일이 났는가 싶어 몇은 멈춰 서서 지켜보기까지 했다.

　그래서 "너무 힘들어하시는 것 같아 도와드리려고요." 하고 말했다. 하지만 아주머니는 막무가내로 거절하셨고, 마치 내가 그 짐을 뺏으려는 듯한 모양새가 되고 말았다. 상황이 그렇다 보니 더는 그 자리에 있을 수 없었다. 들었던 짐을 다시 내려놓고 미안하다는 사과를 전한 뒤 바삐 그 자리를 떠나야 했다.

　분명 그 짐에는 배추 몇 포기가 들어 있었다. 벌어진 틈으로 싱싱하고 파란 배춧잎을 확인할 수 있었다. 그런데도 아주머니는 내가 마치 소중한 무엇을 가져가려는 사람처럼 거절을 하셨다. 때론 좋은 마음을 가지고 시작한 일도 오해를 살 수 있다는 생각에 씁쓸한 마음이 들었다.

'세상이 참 많이 강팍해졌구나! 도우려는 손길도 오해를 하시다니…….'

마음 한구석이 허한 느낌을 지울 수 없었다. 앞으로는 돕는 일에도 눈치를 봐야 할 것 같았다. 괜한 오해를 사기보다는 차라리 외면하는 것이 옳을지도 모른다. 어쩌면 그래서 서울이 야박한 도시가 되었는지도 모르겠다. 믿을 수 없는 세상, 돕는 일도 의심을 받은 세상, 뭔지 모를 갈증이 영혼마저 허하게 하는 날이었다.

그리움에 대하여

비가 내 마음처럼 내리는 날
선술집에서 혼자서 마시던 소주 한 잔이 생각났다.
그때 나는 떠난 누군가를 그리워했던 것 같다.

비가 좋은 것은 그리움을 기억하게 하기 때문이다.
가슴에 사무치는 그리움이 아니라도 좋다.
그리움은 추억의 다른 이름이니
그리우면 그리워하면 될 일이다.

바삐 살아온 것일까?
그리움이 낯설다.
무엇을 그리워해야 하는지도 모르는 듯
그리움을 그리워하고 있다.

저기 또 비가 내린다.
비는 언젠가 그칠 것이다.

시간이 답일 수 있다고 말하는 것처럼

하지만 그 애틋한 마음만은 잊지 않고 싶다.

사람을 그리워하는 것만큼 설레고 아픈 것은 없다.
그러나 아픔이 없다면 삶도 건조할 것이다.
건조한 사람보단 아프더라도 더 그리워하고 싶다.

비가 내린다.
오늘은 그리운 사람 대신 아내에게 전화를 해야겠다.
더 애틋하게 사랑한다고 말해야겠다.
오늘 당신이 더 그립다고
일찍 들어가겠다고
비가 와주어서 고마운 날이다.

비가 내 마음처럼 내리던 날
나는 떠난 누군가를 그리워했던 것 같다.
그리움은 추억의 다른 이름이니
그리우면 그리워하면 될 일이다.

In Seoul People

카메라를 샀다.

동물원 옆 미술관에 다녀왔다. 낙엽이 떨어졌다.

가을이 저물어가는 하늘, 노을이 붉게 물들 때

사랑하는 사람의 마음도 함께 담았다.

그림의 내용을 알지 못해도 함께 걷는 걸음이 좋아 힘든 줄 모르고 걸었다.

즐거움을 샀다.

함께 덕수궁 돌담길을 걸으며 다음엔 둘이 아닌 셋이 함께 오자고 약속했다.

낙엽 쌓인 길을 걸으며 외롭지 않았다.

가족이 무엇인지 얼마나 마음 든든한 선물인지 처음 느끼게 되었다.

추억을 담았다.

1년 만에 다시 찾은 인사동은 그리 많이 변하지 않았다.

함께 따뜻한 차를 마셨다.

이렇게 빨리 다시 이곳을 찾을 줄 몰랐다.

그때 우린 아직 연인이었고 조금 불안했다.

그때 그 찻집이다.

하지만 우리는 부부가 되어 있다.

다시 사랑을 약속했다.

남산에 올랐다. 꿈은 이미 이루어졌다.

함께 같은 곳을 바라본다.

여전히 별처럼 아름다운 야경, 마주 보며 웃었다.

간절함은 반드시 이루어진다.

시간이 잠시 더디 오더라도 믿음은 실망하지 않는다.

글을 쓴다.

낯설지만 서울엔 많은 익숙함도 함께 공존하고 있었다.

다만, 삶에 지쳐 많은 것을 놓치며 살아왔었다.

다시 눈을 뜨기로 한다.

밉게만 보이는 서울을 더 따뜻이 보기로 한다.

서울에 산다.

아니 정확하게 말하면 서울은 아니다.

아직 불편한 이곳을 그리운 부산처럼 사랑하고 싶다.

처음부터 부산도 진짜 내 고향은 아니었다.

사랑하는 사람들과 함께 있다면 그곳은 언제나 천국이 되어야 한다.

이제 서울은 천국이다.

기다리는 자의 몫

내가 변함없이 믿는 진리 중의 하나는 내 삶에서 직접 체험하고 있는 "꿈은 항상 오래 참고 끝까지 기다리는 자의 몫으로 남는다."라는 말이다. 이 글을 책에서 읽은 건지 아니면 누군가의 글을 내 방식대로 다시 인용한 것인지 알 수는 없지만, 내 시에서도 자주 인용하는 것처럼 몇 번의 경험을 통해 내 삶 가운데 각인된 좌우명 같은 글귀다.

처음 글쓰기를 시작할 때, 나와 같은 꿈을 가진 사람들이 스무 명쯤 되었다. 금방 무엇이라도 될 듯 서로 경쟁하며 그 길을 준비했었다. 그리고 내가 대학에 들어갔을 때, 나와 같은 꿈을 가진 사람들이 열 명쯤 되었다. 현실을 조금씩 인식하기 시작하면서 경쟁이기보다는 서로를 격려하는 동역자가 되었다.

군 제대 후 나와 같은 꿈을 가진 사람은 세 명쯤 되었다. 우리는 서로를 안타까워했고 더욱 의지하며 지냈다. 그리고 대학을 졸업하고 취업을 하면서 나와 같은 꿈을 가진 사람은 아무도 없었다. 아직도 꿈을 버리지 못한 나는 마치 어리석은 사람이 되어 있는 듯했다.

현실적으로 전업 시인은 어려웠다. 나 또한 생계를 위해 겹벌이를 해야 했고, 바라던 목회자의 길도 갈 수 없어 전공 관련 자격증을 취득하고 병원에 취직했다. 하지만 여전히 꿈만은 버릴 수 없었고 계속해서 혼자만의 길을 어둠 속을 걸어가듯 걸어갔다. 그리고 마침내 2008년 2월, 등단을 했다. 그리고 현재까지 네 권의 시집을 내놓고 있다. 글을 쓰기 시작하고 시인을 꿈꾸기 시작한 지 십오 년 만의 일이다.

사실 나는 몹시 부끄럽다. 등단을 했지만 유력지는 아니며, 시집을 네 권 펴냈지만 아직 나를 아는 사람은 극소수에 불과하다. 지금도 나는 더 발전해야 하며 아직 갈 길이 구만리인 어린 시인이다. 하지만 나는 행복하다. 바라던 대로 시인이 되었고, 반쪽짜리 인생이지만 원하는 삶을 누리며 살아가고 있다. 꿈은 항상 오래 참고 끝까지 기다리는 자의 몫으로 남는다고 믿는다. 그래서 이렇게 시인으로 살아가고 있지 않은가? 십오 년 만에 첫 꿈을 이루지 않았는가?

나의 글쓰기의 목표는 교과서에 내 시를 싣는 것이다. 그것은 단순히 대표성의 명예욕이 아니라 모두가 공감하는 보편적인 글을 쓰고 사람들과 공감하고 싶다는 나의 바람이 들어 있는 것이다. 아직 그 길은 묘원하다. 그리고 현재의 나의 상태로 보아서는 영영 이루지 못할 꿈일지도 모른다. 하지만 나는 간다. 전에도 그랬고 지금도 그러하듯이 처음부터 나와의 경쟁이었고 시간과의 싸움이었다. 다시 꿈을 이루는 날, 내 마음의 글귀를 떠올리며 '그래 역시 옳았어.' 하고 잠잠히 기뻐하며 웃고 싶다.

꿈꾸는 해바라기

다가설 수 없는 푸른 하늘을 꿈꾸네

오늘도 어제처럼 하늘을 보며

여름 무더위에도 고개 한번 숙이는 법 없이

해바라기는 오늘도 하늘을 보고 웃네

밤에 달님이 찾아와 별빛을 속삭이고 때론 바람이 다가와 흔들어도

태양이 되고 싶은 해바라기 땅에 붙어 하늘을 꿈꾸며 날아가는 새처럼

자유롭네 기다리던 선물이 잡을 수 없는 향기뿐이라도 해바라기는 하

늘을 보고 웃네 닿을 수 없어 사랑하게 됐는지 모르지 그래도 하늘이

좋은 해바라기 오늘도 어제처럼 하늘을 보네

다가설 수 없는 푸른 하늘을 꿈꾸네

꿈은 이루어지지 않아도 행복할 수 있지

간절한 소망이 있다면 꿈처럼 먼 소망도

닿을 듯 기쁜 기다림이지

아이야

아이야 오늘은 너에 대해 이야기할게.

처음 너는 휠체어에 앉아 있었지.
하지만 늘 신나게 웃었지.
세 번의 수술을 마치고 처음 걷기 시작한 것도
늘 신나게 웃었던 그 모습이었어.

아이야 넌 장난이 너무 심했지.
네가 꼬집으면 멍이 들었어.
그래도 널 미워할 수 없는 것은
네가 걸어온 세월의 무게를 알기에
너를 바라볼 수 있는 것만으로 감사했지.

아이야 세상은 가끔 너를 실망시키곤 하지.
아무것도 할 수 없다고 오해하고
또 아무것도 느끼지 못하는 인형처럼 여기지.

하지만 넌 늘 웃고 있지.

노래에 맞춰 박수도 치고

나를 보면 불러 세워 장난을 걸지.

그리고 세상을 조금 더 유쾌하게 만들지.

너에게 더 좋은 세상을 보여주지 못해 미안해.

하나님 앞에서 우린 모두가

보지도 듣지도 못하는 장애인이라고 말하지만

세상은 그런 우리를 무시하고 턱을 만들지.

그래도 괜찮아 이제 넌 걸을 수 있으니.

곧 저 높은 편견의 벽을 넘어

세상에 다른 시선을 선물하는 산타크로스가 될 테니까.

아이야 우리 조금만 더 노력할까.

어렵고 힘겨운 일이지만

오늘 우리가 뿌린 이 작은 씨앗이 곧 열매가 되어 돌아올
거야.

불가능한 것처럼 여겨질지도 모르지만

누군가는 사막에 꽃을 피우고 오아시스를 만들었잖아.

오늘도 나는 기도를 드렸어.

기도는 구름과 같다고 배웠거든.

언젠가 작은 구름들이 모여 큰 은혜의 단비가 되어 내릴 거야.

그때 우리 크고 짙은 향기 많은 꽃을 꼭 피우자.

아이야 이젠 울지 않을 거지.

그래 늘 그랬던 것처럼 오늘도 앞 못 보는 세상을

들으려 하지 않는 세상에 유쾌한 해답을 선물하자.

언젠간 우리 함께 꿈의 언덕에 올라

편견 없는 하늘을 안고 있을 거야.

조금만 더 참고 기다리자.

조금 늦는다고 도착하지 못하는 것은 아니니까.

상한 마음

소나기처럼 시련은 온다.
마음을 진창으로 만들고
오래도록 질퍽거린다.

바라던 것이 모두 이루어진다면
너무 감사한 일이지만
때론 삶이 그렇지 않다는 것을 잘 알고 있다.

소나기가 내린다면 젖어들 수밖에……

하지만 당연한 것들이 외면받는 날엔
상한 마음을 주체할 수가 없다.

이런 날에 잠을 청하는 것이 방법이지만
때론 꿈에서도 삶은 나를 괴롭힌다.

그러나 눈을 뜨면 삶은 과거가 되어 있으리라.

그래서 더욱 단단히 굳어진 땅처럼

다시 바닥을 짚고 일어설 수 있으리라.

비가 오면 젖어들 수밖에

하지만 해는 비처럼 다시 떠오르고

삶은 그렇게 영글어 가는지도 모른다.

소나기가 내린다면 젖어들 수밖에……
하지만 해는 비처럼 다시 떠오르고
삶은 그렇게 영글어 가는지도 모른다.

21세기 사랑

우리의 이별은 빨라졌다.

우리의 만남은 많아졌고

우리의 사랑은 가벼워졌다.

달리는 고속기차에 손을 흔드는 사람은 없다.

며칠 걸려 받던 편지는 지난 옛이야기가 되었다.

조금 멀리 있는 사랑을 향해 조금 더 걸어가려 하지 않는다.

세상에는 꼭 둘이 봐야 할 풍경이 있지만

우리는 어느새 계산이 빠른 어른이 되어 있었다.

누구를 사랑했는지 묻지 않는다.

얼마나 많은 사람과 사귀었는지가 더 궁금하다.

사랑은 먼 길을 가는 버스와 같다.

하지만 방향 없는 사람들은 필요에 따라 내리고 타고 환승
하며

간절하지도 애틋하지도 않다.

혼자여도 좋고 둘이어도 좋고 다 같이도 좋다.

한 사람이 한 사람을 지나가고 한 사람이 한 사람을 넘어
간다.

우리의 만남은 빨라졌다.

우리의 사랑은 많아졌고

우리의 이별은 가벼워졌다.

어쩌면 우리가 사랑하고 있는 것은 절망일지 모른다.

처음부터 우린 혼자 걷고 있었는지 모른다.

사랑과 이별 그리고 사이

사랑을 시작하고
다시 이별을 통보받는다.
당신은 혼자 사랑을 말하고
사랑할 시간을 주지 않는다.

한철 태양이 머물다 지나간 대지의 향기처럼 당신의 계절
에만 꽃이 피고 다시 졌습니다. 봄이 오는 줄 착각한 나는 된
서리를 맞고 노란 꽃잎을 떨구어야 했습니다. 당신이 가진
생각이 천이라면 그중 나는 몇인가요? 당신의 시간과 속도를
따라가지 못했습니다. 당신과 나 사이에 숨었습니다.

이별을 시작하고
다시 사랑을 허락받는다.
당신은 혼자 그리워했고
이제 이별할 시간마저 주지 않는다.

제 2 부

맛난 식사를 기대하며

문득 누군가의 지루하고 평범한 일상이
한 사람의 중요한 무엇일 수 있다는 생각에 더럭 겁이 나기도 한다.
아무튼 어머님들의 가정이 늘 평안하시길 다시 한 번 간절히 바란다.

식중독

당신이라는
상한 음식을 먹고
외사랑이란 병에 걸린다.

떠난 사람은 상한 음식 같아서
이미 삼켜버린 너를
다시 끄집어낸다.

아파도 나는 모른다. 상한 마음에 앉은 부패한 사랑을 날로
삼키고 그리움을 토하고 다시 절망이란 열병에 시달린다. 금
방 낫지만 다시 금방 아프고 마는 혼자 아픈 외사랑병. 사랑
도 때론 병이 된다. 때를 지나면 상하고 보고파 부패하면 병
이 든다. 하지만 절망이란 열병에 시달려도 잊는 것보단 다
시 토해내는 그리움이 훨씬 수월하다.

상한 음식에 중독되듯

절망뿐인 외사랑에 중독된다.

간절한 소망으로 부패하는 희망들

그러나 아플 줄 알면서도 날로 삼키듯 사랑은 언제나 간절
하다.

세상 모든 사람과 다 만나고 싶다

중학교 시절 국어과목의 담임선생님을 두 분이나 만나게 되면서 나의 꿈은 더 분명해져갔다. 하지만 노력 없는 결과가 그러하듯 마음과 달리 나의 게으른 글솜씨는 형편없었다. 그러나 의욕에 넘치신 담임선생님은 매주 단편소설을 복사해 읽게 하셨고 또 미진한 글을 더 성숙시키기 위해 지금은 거의 사라지고 없는 펜팔을 소개해주셨다.

지금이야 영상통화부터 이메일까지 통신의 발달로 편지가 택배보다도 적은 세상이지만, 당시에는 위문편지에서 연애편지 그리고 해외 펜팔까지 다양한 편지 쓰기가 있었다. 못난 글씨지만 한 자 한 자 꾹꾹 눌러쓴 정성 담은 마음은 지금처럼 바쁘고 빠른 시대엔 느끼지 못할 다른 매력이었다.

처음 몇 번은 청소년 잡지에 나와 있는 펜팔 주소에 사진이 예쁜 또래 여학생들을 골라 편지를 보냈다(이왕이면 예쁘면 더 좋은 것이 남자의 심리다). 하지만 못난 글씨 탓일까? 아니면 내용이 문제일까? 엉큼한 나의 마음을 아는 건지 애타게 기다려도 연락이 오지 않았다. 그래서 이번엔 방법을 달리하기로 마음먹었다. 잡지에 직접 펜팔 광고를 내기로 한 것이다.

'세상 모든 사람과 다 만나고 싶다.' 라는 짧고 강한 메모와 함께 주 대상이 여고생인 잡지에 나이도 15세~18세까지로 폭을 넓히고 자신 없는 얼굴은 희미한 사진을 골라 신비감 있게 처리하여 잡지사에 보냈다(사진은 보내지 않았는지도 모르겠다).

결과는 예상 밖으로 대성공이었다. 하루가 멀다 하고 편지가 오기 시작하더니 본격적으로 편지가 오기 시작하면서는 하루에 열 통 이상의 편지가 쏟아지기 시작했다. 연예인이라도 된 것처럼 어깨가 으쓱해지는 상황이었다.

예상 밖의 결과로 나의 펜팔 대상은 처음 한 명에서 두 명 그리고 세 명이 되더니 최고 열 명까지 늘어났다. 덕분에 하루하루 쉼 없는 글쓰기가 계속되었고, 즐기는 사람은 이길 수 없다는 말처럼 펜팔에 열을 올린 덕분에 학교에서 열리는 글쓰기 대회에서 나의 운문과 산문들은 가리지 않고 상을 받아오기 시작했다. 그리고 '세상 모든 사람과 다 만나고 싶다'

는 그때의 그 무모한 바람처럼 참 많은 사람과 인연을 맺었고 지금도 몇몇은 오랜 벗으로 지내고 있다.

　나는 지금도 나의 글쓰기에 만족하지 못한다. 아니 오히려 전보다 자꾸 퇴보하는 것 같아 걱정이다. 하지만 이만큼이라도 쓸 수 있는 것은 그때의 작은 추억들 덕분임이 확실하다. 무엇인가 목표를 위해서는 반드시 노력이 필요했다. 하지만 그 노력을 즐거움으로 할 수 있다는 것은 오랜 세월을 견디는 원동력이 되어주는 것 같다. 그래서 이 못난 사람이 지금까지 글을, 사랑과 기쁨을 쓰고 있는지도 모르겠다.

　문득 지금은 오랜 흔적이 되어 희미한 그 이름들, 그녀들은 지금 무엇을 하고 있을지, 혹 가끔 나란 사람을 기억하고 있을지 궁금해지기도 한다. 혹 이 글을 통해 지난날의 우리를 기억한다면 꼭 한번 연락해주었으면 한다. 그때의 우리로 돌아갈 순 없지만 그때 그 마음으로 만나 함께 식사하며 옛 추억을 나누고 싶다. 세월만큼 변한 서로를 실망하지 않고 넉넉히 바라보며…….

남포동 골목길

꼬불꼬불 구부러진 길을 따라 도착한 곳

　기억의 계단을 걷는다. 한 칸 한 칸 오를때마다 우리가 나눈 이야기
가 메아리처럼 들려오고 낙엽이 쌓이는 곳에 내 마음도 쌓여 있다 저
골목길 아직 가로등이 켜지지 않은 그곳에 사진처럼 선명한 옛 사랑의
그림자가 비친다

　낮은 계단을 걸어 골목을 따라
　오래 알고 오래 기억했던 한 사람의 발걸음
　지난 시간을 거슬러 찾아온 젊은 골목길

　언 손을 함께 호주머니에 넣고
　말없이 미소로 걷던
　변한 것 하나 없는 풍경들
　아직 이 골목에 소곤대는 이야기

　그립다 생각하니 더 보고픈 사람
　돌아갈 수 없는 시간을 찾아 낙엽이 구르는 바람 길
　온기 없는 거리에 옛 기억만이 도착해 있다 너 없이 텅 비어 나를 반
기는 추억, 한 남자와 한 여자의 같은 걸음 같은 미소로 같은 방향에 있
던 곳아, 나는 너를 사랑했다 그리고 그리워했다

글을 아껴 씁시다

글을 아껴 씁시다.
물도 아껴 쓰는 세상인데
글은 더해야 하지 않나요.

마음이 허락한 바를 찾아 잠잠히
모든 것을 다 표현하려 하기보다는
작지만 힘 있는 언어들을 빚어
상상을 만들어봅시다.

또 나를 물을 땐 조심해주세요.
나를 쓰는 것은 많은 시간이 필요합니다.
쉽게 쓰고 쉽게 버리는 휴지처럼 쓰게 된다면
결국 남는 것은 쓰레기뿐입니다.

마음의 소리는 습관처럼 표현되지 않습니다.
믿음과 신뢰의 바탕에서 성숙된 생각이 돋아납니다.

나이가 이름이 혹은 출생지와 직업이 나를 대신할 수 없습
니다.

'무엇' 보다는 '어떻게' 가 중요합니다.

그러니 제발 나를 기다려주세요.

그리고 더 깊이깊이 들여다볼 수 있도록 시간을 주세요.

글을 아껴 쓸 수 있도록 수다스런 글을 멈춰주세요.

모두가 같은 방식으로 말해야 한다고 생각하지 말아주세요.

성을 쌓는 사람들

한때 나는 목회자가 되기를 꿈꾼 적이 있다.

결국 그 꿈을 이루지 못했지만 나와 함께 준비했던 친구들 중에서 바람대로 목회자의 길을 가는 친구가 있다.

우리는 이따금 모여 모임을 갖고 지난날의 추억을 함께 이야기한다.

한번은 친구에게 목회하며 가장 어려운 점이 무엇인지에 대해 물은 적이 있다.

이제 막 목회자의 길에 들어선 그들은 놀랍게도 배운 대로 행하는 것이 가장 어렵다며 한결같이 대답했다.

삶의 진리는 그들의 말처럼 배운 그대로 단순하고 열정적으로 사는 것인지 모른다.

또한 그래서 현대를 사는 이들에게 가장 어렵게 느껴지는 일인지도 모르겠다.

요즘 사람들은 포스트모더니즘을 사는 사람들답게 어떤 기준도 없이 자신만의 이기적인 성(城)을 쌓고 살아간다. 다른 사람의 소리를 듣기보다는 자신의 소리를 듣게 하기 위해 안달이 난 것처럼 모두가 요란이다.

모두가 어렵다고 말하는 지금,

우리에겐 배운 그대로 살아가는 도덕 교과서 같은 순수함이 필요하다. 그 어느 때보다 고지식한 바른 걸음으로 기준을 지키고 옳은 것을 따르며 나보다 못한 사람을 돕는, 다 알지만 누구도 쉽게 해내지 못하는 삶, 그 삶이 필요한 것 같다.

이 글을 읽는 이들에게 한 가지 부탁이 있다.

어느 날엔가 내 친구가 당신의 집을 노크할지도 모른다.

그가 혹 예수 믿기를 강요하는 찰거머리처럼 느껴질지도 모르지만 조금만 따뜻하게 대해줬으면 한다. 물론 그는 날아오는 돌에 맞을 준비가 되어 있다. 하지만 너무 박대하지는 않았으면 한다. 그들은 배운 그 마음을 잊지 않고 지키려는 자들이니 조금만 너그러이 이해해주길 바란다.

어렵다는 말과 다르게, 그들이 잘 해내고 있는 거라 생각해주기 바란다.

터진 마음을 깁고
늘어진 삶을 줄이고
구겨진 자존심을 펴고
얼룩진 기억을 지운다

우리 아파트 상가에는 푸른세탁소가 있다 늘 푸른세탁소는 시간을 세탁하는 특이한 세탁소다 주인은 손님들에게 차 한 잔을 권하고 차분히 앉아 진지하게 손님들의 이야기를 들어준다 손님들은 울고 웃으며 할머니와 이야기를 나눈다 특별히 할머니가 하시는 일은 없는 것처럼 보인다 하지만 손님들은 늘 만족해하며 푸른세탁소를 나선다

이별의 아픔을 깁고
부끄러운 변명을 줄이고
우울한 마음을 펴
얼룩진 관계를 깨끗하게 한다

푸른세탁소에는 여러 시간들이 수선을 기다린다 기억의 저편 내가 알지 못했던 깊고 우울한 기억까지 말끔히 빨아준다 그리고 다시 꼭 맞게 깁고 줄이고 펴고 새 마음이 되게 한다 한 가지 재미있는 것은 처음처럼 상황이 변한 것은 아니다

우리 아파트 상가에는 이상한 세탁소가 하나 있다 생각을 바꾸는 이 세탁소는 오늘도 불편한 시간들로 성업 중이다

하나님에 대한 두 가지 생각

1. 잠들지 않는 밤의 메아리

들에 곧은 나무처럼 다시 일어나 잊고 있던 밤하늘의 별을 향해 손을 내민다. 바람이 말이 되어 몸을 흔들고 별은 처음부터 거기 있었는데…… 오랜 시간이 지나고서야 알아본다.

낮에도 별은 뜬다. 밤엔 더 선명하지만 별은 낮에도 빛나고 있다. 다만 나의 메아리는 어리석어 밤의 메아리로만 들려왔다. 항상 내 생각 너머에 당신이 있다. 부끄럽게 그리고 뻔뻔스럽게 당신을 만난다.

당신은 저와 다릅니다.
늘 다릅니다.
그래서 더 고마운 것인지 모릅니다.

2. 빛의 증거

내 이야기를 잠깐 들어봐. 그동안 우리는 철저히 속고 있었어.

그림자가 빛의 증거인데도 어둠 사이에서만 빛을 찾은 거지.

그림자는 빛과 나 사이에 있고 빛이 없는 곳에 어둠이 있는데도

내 등 뒤의 그림자를 착각한 거야.

마치 그림자가 어둠인 것처럼 오해하게 만든 거지.

빛이 있고 내가 있고 그림자가 있어.

어둠은 그림자를 만들지 못하는데도 그림자에 비친 빛을 보지 못한 거지.

바보같이 그림자인 것을 알고서야 빛이 내 앞에 있다는 것을 알았어.

어둠은 절대 빛이 있는 곳에 없는 거야. 빛이 있고 내가 있고 그림자가 있는 거지.

그동안 우리는 철저히 당하고 있었어.

길

(부제: 사랑하는 딸 하은이에게)

특별한 경우를 빼곤 평탄한 길은 없단다.

옆으로 기울어지고

꼬불꼬불 휘어지고

오르막이거나 내리막이란다.

또 그 길 위엔 많은 장애물이 있단다.

엉킨 풀이 있고

돌아서 가야 할 큰 바위가 있고

높은 나무와 밟으면 안 되는 꽃도 있단다.

우리는 그 길 위를 걸으며

때론 넘어지고

때론 돌아가며

그 그늘에 잠시 쉬기도 한단다.

너무 조급해하지 말렴.
이 길은 우리가 한 발 한 발 밟고 가야 하는
험하고 불편한 여행길이란다.

뛰어간다 해도 일찍 도착할 수 없이 멀고
쉬어간다 해도 많이 늦지 않는단다.

가끔은 그늘에 쉬어 목을 축이고
꽃향기에 취해 노래를 부르며
행복하게 걸어가렴.

어차피 이 길은
너와 내가 두 발로 한 걸음 한 걸음 나아가야 하는
멀고 아쉬운 인생길이란다.

너무 조급해하지 말렴.
뛰어간다 해도 일찍 도착할 수 없이 멀고
쉬어간다 해도 많이 늦지 않는단다.

맛난 식사를 기대하며

타지 생활 4년째, 아침을 챙겨 먹는 일이 쉽지 않다.

아침을 '굶식' 하고 일을 시작하면 12시가 다 될 즈음엔 하루 종일 쫄쫄 굶은 배가 아우성을 친다.

고픈 배를 잡고 지하 식당으로 내려와 식사를 기다리는 시간.

하지만 기대보단 괜스레 한숨이 샌다.

맛을 기대하기보단 허기를 달래기 위해 사람들 틈에 끼어 식판을 든다.

'오늘은 식당 아주머니들이 어떤 반찬을 세상에서 제일 맛없게 만들었나?'

하루는 너무 식사가 맛이 없어 작정하고 식당 아주머니들을 지켜본 일도 있다.

내 어머니 정도의 조금은 많은 나이의 아주머니들.

집에서는 한 가정의 손맛 나는 어머니일 텐데…….

식당 아주머니들은 도대체 식사에 무슨 짓을 한 것일까?

그런데 요즘은 맛있는 음식이 더러 나오곤 한다.

문득 음식이 유난히 맛있는 날은 어떤 어머니에게 좋은 일이 생긴 것이라는 생각이 들었다.

음식은 정성인데 쉽지 않은 식당 일을 하시며 가정의 고민까지 묻어나오는 식사들.

고단한 어머니의 일상만큼 어쩌면 맛이 없는 음식들은 당연한 것인지도 모른다.

하지만 아주 가끔은 맛있는 식사가 나온다.

아들이 수능을 잘 봐서인지, 남편이 보너스를 많이 받아서인지, 딸이 좋은 데 시집을 가서인지, 그래서 요즘은 식당 아주머니들께 좋은 일만 있으시길 기도한다.

기분 좋아진 어머니들의 신바람 난 맛난 식사는 타지 생활에 찌든 내게도 행운일 테니.

누이 좋고 매부 좋은 식당 어머니들의 가정이 평안하고 행복하시길…….

오늘도 맛없는 점심을 먹고 저녁까지 때웠다.

내일은 식당 어머니들에게 좋은 일이 많아 맛난 식사가 됐으면 좋겠다.

문득 누군가의 지루하고 평범한 일상이 한 사람의 중요한 무엇일 수 있다는 생각에 더럭 겁이 나기도 한다. 아무튼 어머님들의 가정이 늘 평안하시길 다시 한 번 간절히 바란다.

HAPPY END

웃으며 만난 것처럼
웃으며 헤어질까요?

아니면……

울며 사랑한 것처럼
울며 이별할까요?

두 사람의 전쟁이 시작됩니다.
밋밋하고 지루하고 삭막한 도시에서
한 사람이 한 사람을 만났습니다.

당신의 마음과 싸웠던
시간과 시간 그리고 이별들

당신이라는 희미한 별빛을 좇아 험한 산길을 걸었습니다.

달도 보이지 않는 밤, 외로운 휘파람 소리만 요란하게 울렸습니다. 길은 여러 갈래였지만 안내 표지판은 하나였습니다.

"당신의 마음을 따라가세요!"

사랑하지 않고 행복할 수 있나요?
사랑하며 아파하는 것이 행복인가요?
사랑과 행복은 다른 별인가요?

사랑하는 것은 가까이에 있지 않았습니다. 사랑은 희미하게 반짝이는 그믐밤의 별빛입니다. 포기하기엔 아직 선명하고, 따라 걷기엔 불안한 길잡이 나침반입니다. 그래서 우리는 혼자서 길을 떠나온 것입니다. 멀고 험한 산길을 휘파람 불며 걸어온 것입니다.

사랑을 혼자서도 할 수 있나요?
혼자서도 행복할 수 있나요?
그래도 마음을 따라갈 건가요?

밋밋하고 지루하고 삭막한 도시에서
한 사람이 *한 사람*을 만났습니다.
포기하기엔 아직 선명하고 따라 걷기엔 불안한,
사랑은 희미하게 반짝이는 그믐밤의 *별빛*입니다.

이해인 수녀님

　2년 2개월의 군 생활을 마치고 대학으로 돌아와 책을 통해서만 알던 이해인 수녀님을 처음 만나게 되었다. 교양과목 교수님으로 오신다는 소식을 듣고 신청했던 '세계 종교 속의 시 감상'. 지금도 기억하는 수녀님의 수업은 늘 새롭고 따뜻했다.

　적지 않은 나이에도 아랑곳없이 동요를 따라 율동을 하시던 수녀님, 일부 학생들의 놀라움과 달리 내겐 아름답고 또 사랑스럽기까지 했었다. 중간고사에 자작시를 내며 내내 기대했던 내게 개인적인 특별한 말씀보다는 책을 추천해주시고 수업 중간중간 눈길을 주며 말씀하셨던 충고들…….

　군대를 전역하고 바뀐 생활에 적응하지 못하며 겉돌던 내게 수녀님은 따뜻한 시선으로 위로의 선물을 주셨다. 수업 마지막 날 몇몇 홈피 주소를 소개하시며 인연의 끈을 이으시던 수녀님, 그날의 인연으로 수녀님의 홈피에 작은 글방을 내고 잠시 뜸했던 글쓰기를 다시 시작했고 7년이 지난 지금, 아직은 부끄러운 이름의 시인이 되어 있다.

깊은 애정과 특별한 관심을 쏟지는 않으셨지만 수녀님의 따뜻한 작은 관심이 꿈 많던 청년을 수녀님처럼 글을 쓰는 시인으로 살게 하셨다. 가끔 블로그에서 수녀님의 시를 보거나 신문에서 기사를 읽을 때면 늘 따뜻했던 수녀님의 수업을 생각한다. 요즘은 몸이 아프셔서 많이 걱정되지만 금방 회복하셔서 다시 우리에게 따뜻함을 전해주시리라 믿는다.

그리고 나도 작지만 누군가에게 꿈을 심어주는 시인으로 살고 싶다. 아직은 갈 길이 멀고 험하지만 그 따뜻함만은 잊지 않고 꼭 담고 싶다. 참 많은 사람의 도움으로 모자란 시인 하나가 나왔다. 그런 만큼 할 일도 참 많다. 한결같은 마음으로 변하지 않고 진중한 글쓰기를 해나가고 싶다.

외딴 마을 빈집

외딴 마을 빈집에

소복소복 정이 쌓인다

문패도 없는 빈집은

누군가 사는 듯 잡초도 없고

화단엔 꽃도 피어 향기롭다

얼굴도 없는 주인은

손님방을 깨끗이 정돈하고

차도 한 잔 준비하며

방 안 가득 온기를 채운다

주인도 없고 손님도 없는

외딴 마을 빈집엔

온돌처럼 따뜻한 사람들이

소복소복 마음을 쌓는다

* '외딴 마을 빈집'은 수녀님의 홈피에 함께 살고 있는 나의 작은 서재 이름이다.

비처럼 눈처럼 그리고 바람처럼

그대 울고 있나요?
어딘가에서 지금도 내리고 있는
저 비처럼

그대 웃고 있나요?
어딘가에서 지금도 쌓이고 있는
저 눈처럼

그대 잊어요.
당신의 창으로 불어오는 바람처럼
세상 어딘가에서는
지금도 눈과 비가 내리고 있지만

그대 잊어요.
그대 창을 흔들며 지나는 바람이었어요.
그러니 그대 이제 잊어요.
그저 창을 흔들며 지나는 바람이었어요.

그대 창을 흔들며 지나는 바람이었어요.
그러니 그대 이제 잊어요.
그저 창을 흔들며 지나는 바람이었어요.

사랑은 야채 같은 것

그녀는 그렇게 생각했다

씨앗을 품고 공들여 보살피면

언젠가 싹이 돋는 사랑은 야채 같은 것

그래서 그녀는 그도 야채를 먹기를 원했다

식탁 가득 야채를 차렸다

그러나 그는 언제나 오이만 먹었다

그래 사랑은 야채 중에서도 오이 같은 것

그녀는 그렇게 생각했다

그는 야채뿐인 식탁에 불만을 가졌다

그녀는 할 수 없이 고기를 올렸다

그래 사랑은 오이 같기도 하고 고기 같기도 한 것

그녀는 그렇게 생각했다

그녀의 식탁엔 점점 더 많은 종류의 음식이 올라왔고
그는 그 모든 것을 맛있게 먹었다

결국 그녀는 그렇게 생각했다
그래 사랑은 그가 먹는 모든 것

  ─ 성미정, 「사랑은 야채 같은 것」

이 시에 반해버렸다. 고기와 야채를 함께 쌈을 싸 먹은 듯
든든하다. 처음 이 시는 내게 시시했다. 하지만 지금 이 시는
나를 울리려 한다. 결혼은 사람의 보는 눈마저 바꿔놓는다.
한 번도 내 시 말고 다른 시를 이야기한 적은 없었다. 부끄럽
지만 이런 시를 쓰고 싶어졌다.

곧 아내가 돌아온다. 맛난 음식을 많이 해주겠다고 약속했
다. 기대를 많이 하지 않는다. 내게 오는 것만으로 되었다.
달기만 한 된장국도, 덜 익은 콩나물도 기꺼이 먹을 것이다.
어쩌면 거짓말처럼 맛있을 것이다.

네 번 읽는 즐거움

내 기억으로 내가 처음 구입한 시집은 한하운의 시집이었다. 교과서에서 처음 접한 그의 시 「파랑새」, 천형이라 불리는 한센병에 걸린 시인의 애달픈 소망과 고운 시어들에 반해 시집을 구입하게 되었다. 문둥병에 걸린 시인이라니, 당시 어린 내겐 충격이자 감동이었다.

시는 그렇게 한(恨) 많은 사람들이 쓰는 것이라 생각했다. 당시 나는 아버지의 민사로 몸도 마음도 많이 상해 있던 예민한 사춘기 시절이었다. 어린 동생과 어머니 그리고 고향을 떠나 찾아든 낯선 부산 그리고 믿었던 사람들의 배신과 서러움……. 시는 나 같은 사람에게 딱 맞는 선물이라 생각했다. 울분과 한숨을 달랠 길 없는 아픈 시절이었다.

그의 시는 한마디로 정말 좋았다. 읽는 것만으로도 마음이 해갈되듯 평안했다. 그러나 몇몇 시를 제외한 그의 시들은 대부분 그리 쉽지 않았다. 그의 시가 주는 위로가 좋았고, 몇

몇 이해할 수 없는 시가 너무 궁금했다. 조금이라도 그 애달픔을 더 깊이 이해하고 함께 동화되고 싶었다. 하지만 어린 학생에게 그것은 쉬운 일이 아니었다.

주위의 여러 사람에게 도움을 청하고 물었다. 시를 좀 더 깊이 이해하는 방법이 무엇인지, 정말 그 방법을 알고 싶은데 답을 몰라 답답했다. 그런데 내 고민과 달리 방법은 너무 간단했다. 그것은 바로 많이 읽고 많이 써보는 것이었다. 그것은 누가 가르쳐주는 것이 아니라 스스로 찾아야 하는 것이었다.

간절함이 깊어서인지 궁하면 통하는 것인지 그때부터 내겐 시집을 읽는 나만의 새로운 습관 하나가 생겼다. 그것은 시집을 네 번씩 다른 방법으로 읽는 것이다. 시집 전부를 이해할 수는 없었지만 이 방법을 통해 나의 목마름은 조금씩 해갈되었다.

시집을 한 권 사면 꼭 네 번씩 읽었다. 한 번은 마음 편하게 빨리 읽고, 다음은 느리게 탐독하고, 다음엔 좋은 시구들을 써보며 읽고, 다음은 그 시구들을 나만의 색으로 바뀌어 써보며 읽는 네 번의 책 읽기. 무엇보다도 이 방법이 좋은 것은 시집을 낸 시인에게 미안하지 않다는 것이다. 전부를 이해할 순 없어도 노력하며 네 번은 읽었으니 무지함을 용서받을 만한 정성은 보인 것이다.

지금도 내 서재엔 그때 읽었던 시집들이 꽂혀 있다. 200권이 조금 안 되는 그 시집들은 어린 학생을 어린 시인이 되게 하는 든든한 밑거름이 되어주었다. 그때 그 시집들과 네 번의 읽기가 없었더라면, 어린 시인은 꿈의 첫걸음을 떼지 못했을 것이다.

처음에는 한 권의 시집을 네 번씩 읽는다는 것이 지루하게 느껴지는 작업이었지만, 익숙해지기 시작하면서부터 시집을 네 번 읽는다는 것은 남들은 듣지 못하는 나와 시인과의 깊은 속삭임이며 또 다른 삶을 경험하는 깊은 포옹이었다.

누군가 시집을 구입하게 된다면 나의 읽기를 권하고 싶다. 책을 이해하고 삶을 이해하고 나를 이해하는 좋은 습관이 될 것이다. 하지만 그가 나의 시집을 구입했다면 두 번만 읽으라고 말하고 싶다. 나는 아직 읽는 것은 익숙하지만 쓰는 것은 부끄러운 어린 시인이니, 너무 깊고 진지하게 다가와 나를 부끄럽게 하지 말아 달라고 부탁하고 싶다.

마음

구멍 하나가 생겼습니다

크기도 짐작할 수 없는 구멍에서

소리가 들려옵니다

똑! 똑! 똑!

흥건히 고이는 물소리

아직도 모르시나요

지금도 기다리는 한 사람을

노크하듯 울고 있는 한 마음을

그대 말고는 채울 수 없는 그곳에

구멍 하나가 고래 입처럼 벌리고 있습니다

나는 울기도 하고
화를 내기도 했지만

너는 비워지고
나는 채워지고

네가 보고 싶어 마셨는데
나만 보이고

소주 한 병

한 잔,
네가 보고 싶어 마셨는데
나만 보이고

두 잔,
못난 내가 부끄러워
다시 너를 마시고

세 잔,
너를 마시고
너는 또렷해졌지만

네 잔,
너를 마실수록
나는 흐려져 가고

다섯 잔,
나는 울기도 하고
화를 내기도 했지만

여섯 잔,
너는 비워지고
나는 채워지고

일곱 잔,
너는 없는데
나만 남아서

일곱 잔 반,
네가 보고 싶어
다시 너를…

제 3 부

사과하는 남자

사는 것이 미안한 것은 아닌데, 언제나 서른은 미안합니다.

그래도 행복한 가족이 있으니 그리 많이 부끄럽지는 않습니다.

아시나요? 사실 정말 미안한 사람은 그들인지도 모릅니다.

나비효과

단순하지만 명확한 답을 찾아
에어컨 밑의 행복을 발견한다.
나에 대한 책임감이 부족했다.

삶은 디지털이지만 마음은 아직 아날로그
둘의 경계를 살아가는
거울 속의 노인과 거울 밖의 아이

다시 기분 좋은 날을 꿈꾼다.
세상 가운데 편식된 삶을 향하여
진리가 다시 진리가 되는 삶

상식은 기적이 되고
기적은 일상이 되어버린 세상
세상 가득 울려 퍼지는 욕망의 하모니들
창조적 미래는 키치의 삶이 되었다.

옳은 상상을 현실로

거꾸로 강을 거슬러 오르듯

논할 수 없는 단 하나의 진실

다시 고요하게 호흡한다.

작은 날갯짓이 삶을 덮도록…….

상식은 기적이 되고
기적은 일상이 되어버린 세상

다시 고요하게 호흡한다.
작은 날갯짓이 삶을 덮도록······.

마음의 병

감기였다.

속이 거북하고 어지러웠다.

하지만 얼굴에는 표가 하나도 나지 않았다.

그래서 참았다.

참고 또 참았다.

내 안에 한계가 느껴질 때

도저히 참을 수 없어 다시 말하려 했다.

이제 그만 집에 가서 쉬고 싶었다.

그런데 옆에 더 심한 얼굴로 한 사람이 있었다.

곧 쓰러질 듯한 표정.

내 사정이 그러한데 나는 표가 나지 않았다.

그래서 다시 참았다.

그도 퇴근하지 못했다.

여섯 시 퇴근 시간

잘 견뎌오던 시간이 가고

다시 피로와 아픔이 몰려왔다.

이제는 정말 얼마 남지 않았는데…….

몸마저 떨려왔다.

일분일초를 느끼며 가는 시간

시간은 상대적인 것이다.

옆의 그도 이제 한계에 다다른 듯했다.

드디어 퇴근

버스 대신 지하철을 타고 집 가까운 곳에서

다시 택시를 탔다.

아무도 없는 집에 들어와

보일러 온도를 높이고

급히 식사를 하고 약을 먹고

잠이 들었다 나도 모르게.

그리고 아침

거짓말처럼 아픔은 끝이 났다.

시간에 쫓기며 다시 출근을 했다.

그런데 아직인가?

다시 아파오기 시작했다

그때서야 깨닫는다.

이건 감기가 아니다.

옆의 그는 처음부터 알았다는 듯

고개를 끄덕였다.

거울 속 나 그리고

그 안의 또 다른 나

서른두 살 나는 울었다.

내가 부르는 아빠의 청춘

2008년 3월 한 중년의 남자를 만났다. 그리고 일 년이 넘도록 함께 동거했다. 이 말이 이상하게 들릴지 모르겠지만 그는 나의 상사이며 존경하는 나의 스승이기도 한, 같은 회사의 어른이셨다. 그의 첫인상은 여러 편견으로 인해 그리 좋지 못했다. 특별한 이력 때문에 엉뚱한 소문까지 돌아 얼굴을 대면하기도 전에 색안경을 끼게 했다. 하지만 그는 처음 마음과 달리 내가 생각하는 범위 안에서 가장 이상적인 리더의 모습을 하고 있었다.

그는 우리나라에 채 200명도 되지 않는 산업위생관리기술사이며, 두 아이의 아버지이자 한 사람의 남편이다. 나는 그에게서 나의 미래를 훔쳐봤다. 그것이 때론 감상에 젖은 듯 멋있어 보이기도 하고 때론 안타까움으로 애처롭게 느껴지기도 했다.

그는 내게 많은 것을 가르쳐주었다. 특히 샐러리맨의 삶에 대해, 한 집안의 가장으로서 살아가는 모습에 대해, 진중한 답변을 해주었다. 또 사람과 사람 사이의 관계에 대해 그리고 신념에 대해서도 이야기해주었다.

나는 그를 존경한다고 말한다. 그가 높은 학식과 덕망을 갖추었기 때문이 아니라 자신의 삶 안에서 언제나 성실함을 잃지 않기 때문이다.

그를 보며 여러 편의 시를 썼다. 가끔 모르는 척 그에 관한 이야기들을 적어 내밀면 그는 동감한 듯 후한 점수를 주었다. 그럴 때면 나는 왠지 모를 비애를 느끼곤 했다. 그것은 당당하고 멋진 삶이 아니라 고단하고 불편한 일상을 노래한 것이었기 때문이다.

특별했던 그날이 떠오른다. 그는 그날도 술 한 잔 하지 못하는 몸으로 술자리에 나가 있었다. 술을 해독하는 효소가 없는 그는 종종 그런 술자리에 나가 죄인처럼 이런저런 군상들의 이야기를 들어주었다. 그리고 언제나 끝까지 자리를 지켰다. 그는 그것을 사회생활의 기본인 듯 생각하는 것 같았다.

그날 그가 내게 말했다.

늘 버릇처럼 말해오던 그 말이 아프게 나를 울렸다.

"우야겠노?"

체념한 듯한 그 말은 나에게 하는 말이라기보단 자신에게 던지는 위로처럼 들렸다. 아직 자신을 지키기에 부족하고 나약한 아버지. 그는 늦은 저녁 아내도 없는 사택에 돌아와 내게 그렇게 말했다. 삶이란 그런 것인데 어떡하겠느냐고 어색하게 웃어 보였다.

오늘은 나도 한잔했다. 이직하고 힘이 들어 혼자 좀 마셨다. 오늘따라 그가 그립다. 그리고 나도 이제 그 말을 할 때가 된 것 같다.

"우야겠노? 삶이 때론 그런 것인데……."

당신은 웃어야 한다

당신이 웃어야 에스컬레이터도 웃습니다

당신이 웃어야 거울도 웃는 것처럼

당신이 웃어야 라면도 맛이 있고

당신이 웃어야 드라마도 재미있습니다

당신이 웃어야 나도 웃고

당신이 웃어야 하늘도 웃습니다

당신이 웃어야 사진도 웃는 것처럼

억지로라도 웃어야 진정 웃을 수 있습니다

당신은 크게 웃어야 합니다

환한 미소로 꽃처럼 향기롭게

작은 일에도 행복에 겨워 자지러지며

우리는 때때로 바보처럼 웃어야 합니다

당신이 웃어야 세상도 웃을 수 있습니다

당신은 웃어야 한다

아버지

아버지
저도 이제 아버지라 불립니다.
아버지처럼 아버지가 되었습니다.

딸아이입니다.
아들 많은 집에 귀한 손녀입니다.
많이 안아주고 함께 노래할 생각입니다.

모두가 하던 말처럼 아버지가 되고 보니
그 무게감을 알게 되었습니다.
좋은 아빠가 되어야 하는데 걱정입니다.

혹 해결 못 할 문제를 만날까 걱정이 됩니다.
아버지께 많이 배우고 알아야 하는데
나이를 먹고 아버지가 되어서도 아버지를 찾습니다.

아버지 보고 계신가요.

사랑하는 딸을 존중하고 아끼겠습니다.

잘못하면 꿈에라도 찾아와주세요.

아버지 제가 이 말씀 드렸던가요.

아버지 사랑합니다.

아버지 넓은 등에 업혀 들었던 자장가

딸에게도 꼭 들려주겠습니다.

첫눈이 오시네

깨알 같은 눈이 내립니다.
첫눈을 제일 처음 발견한 사람처럼
기뻐하며 서 있습니다.

눈이 내리면 사람들은
가던 길을 재촉합니다.
차가 막힐까?
지하철에 사람이 많아질까?
걱정을 합니다.

그런데 전 아직 이 눈이 반갑고 좋아
오가는 사람들 사이에 서 있습니다.
눈을 이렇게 좋아하는 것을 보니
아직 나이 든 어른은 아닌가 봅니다.

눈은 금시 그쳤습니다.

내가 잠든 사이 다시 내릴지 모르지만

그리운 사람이 있어 전화를 걸었습니다.

사랑하는 아내도 아니고 애잔한 어머니도 아닌

못난 사람 백년손님으로 맞아주신 장모님입니다.

어머님 감사합니다.

첫눈이 내리면 제일 먼저 생각나는 사람을

낳아주셔서 제 삶이 외롭지 않습니다.

열심히 노력하며 살겠습니다.

나와 닮은 꽃

삶에 지쳐 흔들리다
붉은 가시에 찔려
결국 울어버린 내게
꽃이 다가온다.
나와 닮은 꽃이 다가온다.

꽃이 내게 말을 걸어온다. 청초하고 달콤한 향기로 나를 위로하며 너를 사랑하고 같은 색을 가졌다 고백한다. 내게 속삭이는 위로는 마음속 깊은 비밀을 토하는 기쁨, 꽃은 내게 향기를 주고 색을 선물한다. 이름뿐이던 나는 향기와 색을 가지고 삶의 한 곳의 풍경을 가진다.

누구나 저마다 자기 꽃이 있다.
빛깔과 향기 그리고 마음까지 닮은.

그 꽃의 위로는 함께 서 있는 것

여름 더위에 고개 숙이고

가을바람에 살랑살랑 흔들리며

닮은 꽃은 삶을 함께한다.

나와 닮은 꽃은 어머니의 향기를 닮았다. 내가 어머니를 닮은 것처럼. 나는 엄마처럼 웃고 엄마처럼 운다. 그리고 엄마처럼 그리워한다. 나와 닮은 꽃은 어머니를 닮았다.

그리고 다짐

　　고등학교 시절 나는 월간지도 계간지도 아닌 이상한 문예지를 하나 만들었다. 그것의 이름은 '빈 공간'. 한 명은 판타지 소설을 썼고 다른 한 명은 만화를 그리고 나는 시를 썼었다. 그리고 여러 동기에게 글을 부탁해 여기저기서 알음알음 모집한 이런저런 글도 함께 실었다.

　　한때 우리는 열의에 불탔고 책을 만드는 일에 몸과 마음을 쏟았다. 하지만 정체불명의 그 문예지는 4권을 넘지 못하고 폐간되었다. 대입을 준비하는 고등학생에겐 시간도 돈도 그리고 능력도 많이 부족했기 때문이다. 지금으로부터 15년 전의 이야기다.

　　그런데 이상하게도 나는 고등학교 시절을 생각할 때면 그리고 내가 한 최고의 멋진 일을 생각할 때면 가장 먼저 '빈 공간'이 떠오른다. 그리고 아무도 모르는 미소로 혼자 웃는다.

우리의 창조적 문예지는 조잡하기 짝이 없었다. 후원자는 나의 아버지였고, 글은 모두 낡은 전자 타자기로 써서 붙였다. 디자인은 그림을 그리던 친구의 수작업으로 이루어졌다. 맞춤법도 틀린 곳이 많았고, 말도 안 되고 이해할 수 없는 별난 글도 많았다.

그래도 나는 다시 돌아가고픈 시절을 물으면 책을 만들던 그 시간으로 돌아가고 싶다. 내 안에서 최선을 다했고, 비록 누가 알아주지는 않았지만 우리는 행복했고, 대단한 무엇이라도 된 듯 자신감으로 넘쳤었다.

아직도 어린 시절의 그 마음으로 철없이 살아가며 ‘나이가 들수록’ 이라는 말이 어색하지만, 시간이 지날수록 삶은 자꾸만 흐려지는 것 같다. 맑은 물에 미꾸라지 한 마리를 넣은 것처럼 그 속을 알 수가 없다. 나조차 내가 아닌 듯 살아가는 때가 많다.

그래도 아직은 가끔 나를 보며 놀랄 만큼 멋진 엉뚱함을 저질러보고 싶다. 상대적 가치가 아닌 절대적 가치에 있어서 누구도 빼앗을 수 없는 그런 사건 하나를 더 늦기 전에 한 번쯤 다시 만들어보고 싶다.

결혼을 하고 아내가 생기고 곧 아이도 갖겠지만 마음만은 아니 열정만은 늙지 않고, 한 그루의 사과나무를 심듯 삶을 살아가고 싶다. 서른은 늙지도 젊지도 않은 불편한 나이다. 그래서 많은 책임과 서투름으로 나를 잊고 살게 한다. 아내 에겐 미안하지만 조만간 다시 더 늦지 않은 그때에 나도 놀 랄 그 어떤 사고를 쳐보고 싶다.

아, 정말 그럴 수 있을까?

아버지 넓은 등에 업혀 들었던 자장가
딸에게도 꼭 들려주겠습니다.

아버지 제가 이 말씀 드렸던가요.
아버지 *사랑합니다*.

핸드폰을 잃어버리고 3일

소유함이 많을수록 나를 돌아볼 여유가 없다.
가진 만큼 고민해야 한다는 것을
어느 날, 좋아하다 못해 사랑했던 핸드폰을 잃어버리고
전전긍긍하며 알았다.

처음에는 화가 났고
그러고는 방황했고
잠시 불안해하다
처음 맛보는 자유처럼 웃었다.

내가 전부라 믿었던 것의 한심함과
나를 지탱하던 안식의 나약함

꽉 조여오던 수갑에서 풀려나 손목을 만지며
왠지 모를 허전함과 자유로움에
당황스러운 불안

부끄러워 스스로 볼을 붉힌다.
이런 나를 누가 보지 않기를
또 내가 다시는 만나지 않기를

오랜만에 공중전화로 향한다.
동전 몇 개를 넣고
보고 싶은 아내에게
마음 바쁜 사랑을 전한다.
동전 떨어지는 소리가
마음 떨어지는 소리 같다.

집으로 다시 돌아오는 길
사랑은 그래서 그리움이리라.
쉽게 전화를 할 수 없다는 마음이
너를 더 선명하게 한다.

동전 몇 개를 넣고
보고 싶은 아내에게
마음 바쁜 사랑을 전한다.
동전 떨어지는 소리가
마음 떨어지는 소리 같다.

진하 명선도(鳴蟬島)

인터넷 검색을 하다 우연히 발견한 섬, 진하 명선도(鳴蟬島).

사람이 살지 않는 이 무인도는 묘하게도 내 본명과 같은 이
름을 하고 있었다.

인터넷 사진으로 올라와 있는 이 섬을 나는 한동안 멍하니
바라봤다.

마치 거울 속의 나를 보는 듯 쳐다보았다.

우연히 나와 같은 이름의 섬을 발견한 뒤

나는 나에 대해 진지하게 고민해보았다.

내가 누구이며 어디서 태어났고 무엇을 하며 어떻게 살고
있는가에 대해.

하지만 그런 대답들로 나를 답하기엔 무언가 빠진 듯 부족
했다.

그래서 나는 다시 내가 쓴 시들에 대해 생각해보았다.

내가 쓰고 있는 시의 주제와 내가 정말 하고 싶은 말이 무엇이며 나는 어디쯤에 와 있는지 그리고 내 시를 읽는 이들은 무엇을 생각할지도 고민해보았다. 하지만 이것 역시 나를 답하기엔 무언가 빠진 듯 밋밋했다.

내가 나를 답한다는 것은 어려운 일이었다. 그것은 내 삶을 답하는 것이며 아직 한창인 내 젊음이 대답하기엔 벅찬 과제처럼 여겨졌다. 내가 누구인가에 대한 질문은 그 말처럼 답 또한 삶 가운데 삶의 방식으로 답해야 한다고 생각했다.

그런데도 나는 굳이 나를 정의해보고 싶어졌다.

누군가 던진 암호를 해석하듯 흐릿하고 불편한 젊은 나를, 내가 알고 있는 나를 고민하며, 또 다 답할 수 없는 한계를 인정하며, 있는 그대로의 나를 한번 써보기로 했다. 아무래도 그 답은 엉터리가 될 듯했다. 그래도 진지하게 나를 고민하고 나면 무언가 보일 것 같았다.

사과하는 남자

하루에 한 번 죄인이 됩니다. 산다는 것이 또 그런 것이지만 미안하지 않은 삶을 살 순 없을까요? 그래도 누군가는, 사과할 수 있는 용기가 있는 것은 아직 젊기 때문이라고 말합니다. 나이를 먹는다는 것은 어쩌면 뻔뻔해진다는 뜻인지도 모르겠습니다. 평생 할 사과를 서른을 보내며 다 하고 있는 것 같습니다. 때론 관대히 용서해주는 이들도 있지만 그렇지 못한 사람들을 대할 때면 작아지는 자신을 주체할 수 없습니다.

오늘은 아내에게도 용서를 구했습니다. 일이 깊어지다 보니 약속을 지키지 못하고 말았습니다. 아내는 이번에도 흔쾌히 용서해주었습니다. 아내가 있다는 것은 용서받을 수 있는 사람이 있다는 행복인지도 모릅니다. 삶은 자꾸 어려워지기만 합니다. 잘못하지 않아도 용서를 구해야 하고, 용서를 구해도 받아주지 않으면 깊은 우울 속으로 들어가야 합니다.

그래도 아기가 생기고 나니 미안하다는 말이 조금 쉬워졌습니다. 괜한 자존심도 흥분하지 않고 차분히 자기 자리를 찾은 듯합니다. 거짓말인 줄 알았습니다. 아기가 웃으면 세상 고민이 다 날아가고 피로가 싹 가신다는 말, 그런데 정말 그렇더군요. 아기를 위해서라면 더한 것도 할 수 있겠더군요. 어찌 보면 서러운 일이지만 또 어찌 보면 정말 아빠가 되었다는 반증인지도 모르겠습니다.

사는 것이 미안한 것은 아닌데, 언제나 서른은 미안합니다. 그래도 행복한 가족이 있으니 그리 많이 부끄럽지는 않습니다. 아시나요? 사실 정말 미안한 사람은 그들인지도 모릅니다. 하지만 그들은 너무 당당하니 약자인 제가 먼저 용서를 구하는 것입니다. 이런 것이 지는 것이 이기는 것이라는 말 아닐까요? 또 전화가 걸려옵니다.

하루에 한 번이면 좋을 텐데 방금 또 사과를 했습니다. 많이 잘못하지 않았는데 상대방이 화가 많이 났습니다. 문득 어머니가 생각났습니다. 나의 어머니도 못난 저를 위해 그렇게 용서를 구하며 사셨겠죠. 그래서 저도 이제 사과하며 살아야 하는 것이겠죠. 철이 들었나 봅니다. 어머니께 감사한 마음이 깊어집니다.

오늘은 하루가 참 길게 느껴집니다. 아내가 내 마음을 알았는지 내가 좋아하는 된장찌개를 준비했다는군요. 웃음이 절로 나옵니다. 콧노래를 부르며 집에 들어가야겠습니다. 이 맛에 결혼을 하는지도 모르겠습니다. 약속도 지키지 못한 남편을 위해 아내는 늦은 저녁을 준비해주니까요. 사과할 일이 많은 날, 감사할 일도 많아집니다.

오늘은 하루가 참 길게 느껴집니다.
아내가 내 마음을 알았는지 내가 좋아하는 된장찌개를 준비했다는군요.
이 맛에 결혼을 하는지도 모르겠습니다.
약속도 지키지 못한 남편을 위해 아내는 늦은 저녁을 준비해주니까요.

행복을 선물하는 마법사

글을 처음 쓰기 시작했던 지난 시절을 생각한다.

별난 나를 특별함으로 바라봐주셨던 담임선생님.

그분이 아니었다면 지금의 나는 어떤 모습으로 살아가고 있을까?

별나고 말썽 많은 학생으로

어찌 보면 화를 냈어야 했을지 모를 엉뚱한 글쓰기 과제에

킥킥대는 반 아이들을 야단치며 하셨던 선생님의 칭찬은

어린 나를 바꿔놓기에 충분했다.

"별나고 재미있는 성격만큼이나 세상 누구에게도 없는 특
별한 글쓰기를 하는구나!"

별난 성격을 따라가듯 유난히 우여곡절이 많았던 어린 시절

단비 같았던 선생님의 뜻밖의 칭찬은

잘하는 것 하나 없는 소년을 열여섯 해가 넘는 시간 동안

변함없이 글을 쓰게 했다.

　돌아가신 아버지를 그리워하며 썼던 어버이날 백일장 시에 함께 눈물지으시던 선생님
　한글날 무료한 시간이 지겨워 재미로 썼던 내 시에 함께 웃었던 반 아이들
　그때 처음 알았다. 글은 사람을 웃게도 울게도 하는 마법을 가졌다는 것을…….

　그날 나는 글을 통해 누군가에게 따뜻함이 되고 싶다는 바람을 처음 가졌다.

　우격다짐으로 등단을 하고
　지난날의 나를, 그리고 나의 글쓰기를 돌아본다.
　아직은 많이 부끄럽고 어색한 모습이지만
　지금 나는 행복한 삶을 살아가고 있는 것 같다.

　그 시절을 생각하며
　어린 날의 순수한 갈망처럼 언제나 한결같은 글쓰기를 하고 싶다.

존경받는 시인이기보다는 시를 사는 시인으로
자연스레 마음이 전해지는 그런 글쟁이로
남은 글쓰기를 변함없이 이어가고 싶다.

흔적을 남기기보다는 온기를 남기는 사람으로
사람들에게 행복을 선물하는 마법사가 되고 싶다.

가족

사랑은 이기적인 것이나
그 이기심이 후회를 만들고 있다.
보기만 해도 아파서…….

사랑할 수밖에 없는 운명을 앞에 두고
사랑은 미움을 넘어선
아픈 그 무엇

차라리 고개를 돌리고
잊었다 선언하는 서러움
몰랐다 바보처럼 사랑하는 방법을

내 속의 말을 무시하고
돌아서 눈물을 만들어
다시 그 이름 부르며 통곡하는

참 지랄 맞다.
아픔을 넘어선
사랑이란 이름의 그 무엇

제 4 부

지우개 사용법

당신이 성실히 삶을 걸어왔다면 그런데도 삶은 어긋나 있다면
당신에게 필요한 것은 노력이 아니었습니다.
당신의 생을 하얗게 지우려는 것이 아닙니다.
잘못된 기억 하나에 박힌 못을 빼는 것입니다.

방법

지구를 사랑한 태양은
세상을 향해 뜨거운 열기를 뿜어내고
태양을 사랑한 해바라기는
한여름에도 고개를 들어 태양을 본다.

남자는 여자를 사랑하고 주변을 더 아름답게 하려 노력했
고 여자는 남자를 사랑하고 주변의 모든 것을 잊었다. 이처
럼 두 사람의 사랑은 서로 달라 사랑하면서도 외로워했다.
남자는 호수에서 여자를 그리워하고 여자는 언덕에 올라 남
자를 그리워했다. 사랑하면서도 사랑이 무엇인지 몰랐다.

해바라기는 지구를 사랑하지 못해
태양의 사랑을 받지 못했고
태양은 해바라기의 마음을 오해하고
외사랑하듯 외로워했다.
우리 서로 사랑하면서도.

죽음과 삶에 대하여

1

아버지가 운다네.

육십도 안 돼서 고아가 되었다고

한 번도 따뜻하지 못했던 엄마 품이 그리워

숨죽여 운다네.

한 번도 샘 난 적 없는 삶, 어느 한 해도 온전히 행복한 시간은 없었다. 가난한 목수의 맏아들로 사춘기가 시작되면서 일을 찾아 남의 집을 전전했다. 나이 들어서는 아버지란 이름 앞에 '새' 자까지 달고 많이 울고 많이 후회했었다. 헛웃음 지으며 한평생, 나이 육십도 안 되어 고아가 되었어도 삶은 아직도 가볍지 못했다. 정정하시던 어미마저 떠나고 삶은 또 그리움이 되었다.

아버지가 우신다.

육십도 안 돼서 고아가 되었다고

맏상제가 술 취해 운다.
그런 아버지 바라보던 새 아들
새벽이 지나고 시를 쓰고서야 잠이 든다.

2
예정보다 일주일 늦게
우리 딸 하은이 태어나던 날

열 시간 넘는 산통 끝에
울며 웃으며 처음 만나던 날

새벽을 지나 아침
늦게 든 꿈속에서

어린이날 해변 모래밭에서
아버지와 씨름하며 놀던 꿈을 또 꾸었네.

예쁜 우리 딸 새근새근 잠든 첫 아침
아버지 그리워 몰래 또 눈물 훔치네.

나이 육십도 안 되어 고아가 되었어도 삶은 아직도 가볍지 못했다.
정정하시던 어미마저 떠나고 삶은 또 그리움이 되었다.
아버지가 우신다.

출근 첫날

갑자기 직장을 옮기게 되어 서울로 입성하는 일이 벌어졌다. 정확하게 말하면 서울이 아니라 경기도 과천이었다. 부산 촌놈이 보기에는 서울이나 경기도나 다 같은 곳이라 생각되었지만 이곳 사람들은 그 둘의 차이를 엄격하게 구별하고 있었다. 아무튼 눈 감으면 코 베어간다는 서울, 낯선 서울, 아니 경기도 과천에서 진정한 의미의 홀로서기가 시작된 것이다.

첫 출근을 하는 날!

버스 대신 지하철을 타기로 했다. 길이 낯선 상황에서 정해진 철길로만 가는 지하철이 왠지 더 안심되었다. 굳은 결심과 각오로 첫걸음을 시작한 출근길, 하지만 나는 그 첫날부터 질겁하고 말았다. 이곳은 지금까지 내가 알고 살아온 세상이 아닌 듯했다.

바쁜 출근 시간

어디서 나타났는지 모를 사람들이 지하철로 모이기 시작했다. 그리고 급기야 에스컬레이터에서부터 사람들은 뛰기 시작했다. 알아서 편하게 사람을 자동으로 올리고 내려주기 위해 만든 에스컬레이터에서, 천장에 붙은 경고 표지판도 무시한 채 사람들은 바쁜 마음을 주체하지 못하고 뛰어다니고 있었다.

그뿐인가. 사람이 짐짝처럼 전철 안으로 몸을 던지고 인파에 떠밀려 요리조리 옮겨 다니는 모습은 말 그대로 인간 경시의 한 중앙에 와 있는 듯 아찔했다. 하지만 그런 불쾌한 마음은 나 혼자만의 사치인 듯했다. 나 이외의 사람들은 그 상황 속에서도 신문을 읽고, 음악을 듣고, TV를 보기도 하고, 어떤 이는 부족한 잠을 보충하기도 했다.

첫 근무를 마치고 다시 집에 돌아오는 길
아침의 지옥 같았던 상황이 아무렇지도 않은 듯 그대로 되풀이되었다. 하루에 그것도 내 인생 삼십 년 내내 겪어보지 못한 상황이 두 번씩이나 반복되고 보니, 나는 구겨진 종이처럼 침대에서 그냥 곯아떨어졌다.

'아, 나는 적응할 수 있을까?

짠물에 적응하지 못하고 절여진 민물고기처럼 위축되었다.

그래도 이곳이 사람들이 가장 많이 사는 서울인데…….

'그래, 지금은 낯선 환경에 조금 힘들지만 사람들이 모여드는 데는 다 이유가 있을 거야.'

그렇게 나를 위로하며 잠이 들었다.

아침, 다시 눈을 떴다.

오늘이 마치 어제처럼 반복되기 시작했다.

그래도 한 번 해봤다고 어제보다는 건디기 쉬웠다.

그것이 유일한 위로처럼 여겨졌다.

피카소와 모네를 만나고 오던 날

나는 주류가 아니다.

그래서 자유롭다.

고민이 덜한 것은 아니지만

그래도 나처럼 말할 수 있다.

때론 외진 곳에 서 있다는 것이

고독을 혼자 안은 듯 외롭지만

그런 우울함도 자유를 얻는 대가라면

차라리 비주류라는 것이 행복한지 모른다.

주류들의 잔치엔 주인공이 없다.

서로를 물고 물며 아파한다.

하지만 비주류의 나라엔

모두가 주인공이다.

네가 나보다 높다거나 혹 낮다거나 하는

불편한 표정 따윈 짓지 않아도 된다.

어쩌면 변명인지도 모른다.

함께이지 못한 서글픈 넋두리일 수도 있다.

그래도 나는 자유롭고 싶다.

조금 유치하더라도

언제나 삶은 단아하지 않았다.

이것이 변명처럼 들릴지라도

나는 자유롭고 싶다.

주류가 자유롭지 못하다는 것이

어디서 나온 막말이냐 말하는 이들도 있다.

하지만 다시 바라봐야 할 것이다.

당신의 하늘에는 정말 바람이 불고 있는지…….

어린애 장난 같은 내 고집을 자랑스럽게

당신의 전부라 말하고 있는 그대의 시선이

부끄럽지 않은지…….

때론 비주류가 주류가 되기도 한다.

하지만 그 시대는 그를 외면했었다.

인정하지 않으려 해도

진실은 스스로 푸르다.

'알지도 못하는 그림을 보고 이해할 수 없는 설명을 들으
며 그들의 눈을 따라 시선을 옮기며 문득 돌아가고 싶다는
생각이 들었다. 마음에 남은 열등감을 지울 수 없다.'

주류들의 잔치엔 주인공이 없다.
서로를 물고 물며 아파한다.
하지만 비주류의 나라엔
모두가 주인공이다.

지우개 사용법

삶을 지우려는 것이 아닙니다.

삶과 삶이 만나는 틈에서 생겨난 오해를 풀려는 것입니다.

지우려는 것 또한 '오해' 와 '상처' 라는 틈입니다.

아무리 깨끗하게 만들려 해도

얼룩이 남고 자국이 생겨 처음과 같지 못합니다.

다만 당신의 생에 아픈 한 글자 혹은 받침 하나를 다시 써

삶의 방향을 다시 바꾸려는 것입니다.

당신은 질문할지 모릅니다.

생에 글자 하나를 지우거나 바꾼다고 해서

오해가 풀리고 상처가 아무는지

그 작은 변화가 삶을 달라지게 할 수 있는 것인지

하지만 기억해야 합니다.

당신이 성실히 삶을 걸어왔다면 그런데도 삶은 어긋나 있

다면

당신에게 필요한 것은 노력이 아니었습니다.
만남이 그랬고 사랑이 그랬고 헤어짐이 그러했습니다.

당신의 삶에 잘못된 시간의 한 점을 지우고
하얗게 메워진 틈으로 다시 진실을 쓴다면
생은 잠시 주춤했던 방향을 향해 다시 길을 갑니다.

당신의 생을 하얗게 지우려는 것이 아닙니다.
진실한 당신이 다시 근심 없이 웃을 수 있도록
오해를 풀려는 것입니다.

어쩌면 용서를 구하는 것인지도 모릅니다.
잘못된 기억 하나에 박힌 못을 빼는 것입니다.

때론 나는 그대의 *안경*이 되고 싶습니다.

그대와 함께 눈을 낮추며 같은 곳을 바라보고 싶습니다.

가끔은 그대가 보지 못했던 세상도 보여주고 싶습니다.

다만, 건망증 심한 그대가 무심코 벗어놓은 안경을 밟지 않는다면 말이죠.

그대의 무엇이 되어

때론 나는 그대의 안경이 되고 싶습니다.

그대와 함께 눈을 낮추며 같은 곳을 바라보고 싶습니다.

가끔은 그대가 보지 못했던 세상도 보여주고 싶습니다.

다만, 건망증 심한 그대가 무심코 벗어놓은 안경을 밟지 않

는다면 말이죠.

때론 나는 그대의 예쁜 원피스가 되고 싶습니다.

궁금한 그대를 꼭 안고 함께 걸으며

현기증 나는 더위와 칼바람 추위를 이기며 그대 곁에 서고

싶습니다.

다만, 덤벙대는 그대가 비 오는 날 우산을 잃어버리지 않는

다면 말이죠.

때론 나는 그대의 가방이 되고 싶습니다.

이것저것 들고 다니기 좋아하는 그대의 큰 가방이 되어

그대가 필요한 물건을 하나하나 챙겨주고 싶습니다.

다만, 그대가 그 큰 가방에 물건 담는 일을 잊지 않는다면
말이죠.

아, 나는 그냥 그대의 열혈 팬이 되어야겠습니다.
그래서 그대가 무엇을 잊어버리든 혹 잃어버리든
다 이해하고 두둔하며 응원해주고 싶습니다.
그대를 졸졸 따라다니며 걱정하는 대신 더 많이 안아주어
야겠습니다.

그대의 무엇이 되어주고 싶습니다.
그대가 나를 너무 부담스럽게 생각하지 않는다면
그대에게 꼭 필요한 무엇이 되고 싶습니다.

하지만 그대는 말하는군요.
내게 꼭 필요한 것은 다른 무엇이 아니라
그저 '당신' 이라고…

사랑과 전쟁

이제 와 고백하지만 신혼 초 우리는 위험할 정도로 부부싸움을 많이 했다. 8년 연애 끝에 여러 고난을 이기며 골인한 결혼인데도 싸움은 어쩔 수 없었다. 왜 결혼을 현실이라 말들 하는지 조금은 이해할 수 있었다. 작게는 두 사람의 문제에서 크게는 각자의 집안 문제 그리고 이런저런 알지 못했던 새로움과 놀라움들까지, 어쩌면 싸움은 필수적인 것인지도 모른다.

하지만 그 부부싸움이라는 것이 실상은 대부분 사소한 것에서 비롯된다. 30년을 따로 살다 함께 살게 되었으니 소소한 것에서부터 다툼은 시작될 수밖에 없었다. 예를 들면 잠자기 전에 누가 먼저 씻을 것인가? 혹은 음식물 쓰레기는 오늘 버려야 한다. 아니다, 내일 버려도 된다 등이다.

한 치의 양보도 없는 이 전쟁은 그야말로 유치하고 손발이 오그라들 정도로 사소한 것에 목숨을 건다.

　그날도 우리 부부는 무엇 때문에 싸우는지 억척스러운 기 싸움을 하며 서로를 물고 뜯었다.

　그런데 문득 아내가 그런 얘기를 했다.

　"당신은 나보고 다 해 달라 하는데
여보! 나는 당신의 엄마가 아니에요.
나도 밥 짓고 빨래하는 일 낯설어요.
하루하루 처음 해보는 것투성이라고요."

　충격이었다.
　집사람은 아내이고 여자이기에 무엇이든 나의 어머니처럼 다 할 수 있을 것이라는 어리석은 생각을 했던 것이다. 아내의 말처럼 아내도 낯설고 힘들며 처음인 것이다. 그리고 아내는 내 어머니가 아닌 것이다. 그랬다. 부부싸움은 상대방을 이해하지 못하는 오해로 인해 생길 때가 많았다. 양보 없는 자기 욕심이 만든 이기심 같은 것이었다.

　그 후 우리 부부의 위험한 전쟁은 잦아들었다.
　그리고 몇 가지 원칙을 세웠다.

싸워도 한 침대에서 같이 잠자기

그날 싸움은 그날 풀기

그리고 싸울 땐 항상 남자인 내가 먼저 사과하기

사실 부부싸움의 원인은 남자에게 있는 경우가 대부분이다. 개인적인 하나의 교훈을 더하자면 아내는 항상 옳다. 살아보니 내 경우 여자가 훨씬 성숙하고 이성적이다.

우리는 사랑하지만 싸울 수밖에 없다. 하지만 그 싸움은 평화와 화합을 위한 것이지 결코 승리를 위한 것은 아닌 것이다.

수돗물

아내 대신 설거지를 한다

콸콸 쏟아지는 물

아내의 잔소리가 들려온다

"물을 아껴 씁시다!"

가뭄에 내리던 단비였을 것이다 간절히 기다리던 첫눈의 흔적일 수
도 있고 더운 여름날의 추억일 것이다 누군가의 기다림이 담긴 눈물
이었고 다시 돌아가고자 했던 연어의 몸부림이었을 수 있다 어쩌면

고단한 땀이었을 것이다

조심조심 아껴 쓰며 설거지를 한다

나의 행복한 밥상이었다

다시 들리는 아내의 잔소리

"제발 물을 아껴 씁시다!"

행복한 낮잠

한낮에 나비잠 자며 비행 중인 아기는
배 속 엄마 은혜 기억하려 손가락이 열 개라네.
열 달 엄마 배 속에서 꿈꾸며 손꼽아 기다린 하루
우리 아기 태어나는 날 세상도 가만 숨을 죽였지.

쉬 쉬 소리 내며 오줌 누듯이 시원하게 자는 아기
꿈속 비행이 재미있는 듯 간간이 미소를 짓네.
우리 아기 처음 크게 웃던 날 세상 주름도 한 줄 펴지고
적막하던 외갓집에도 훈기가 가득했네.

"어 엄마" 나비잠 비행 마치고 우리 아기
열 발가락 꼼지락꼼지락 엄마를 부르네.
달려갈 수 없어 뒤집어 울며
쪽쪽 쪽쪽 젖 빨며 받는 뽀뽀세례

해바라기처럼 웃고 해바라기처럼 보는 아기

기저귀 가득 한강을 만들어도

잘했다 잘했다 할아버지 웃으시고

아이쿠 예뻐라 아빠도 어르며

집안 가득 미소가 향기처럼 퍼져가네.

별이 지다

함께 가자는 사람들을 뿌리치고
돌아선다.
그가 싫어서가 아니라
아직 그를 보낼 수 없어
아니
보내고 싶지 않아
함께 갈 수 없었다.

어린 내가 말을 하기 시작하고 어느 날
나는 외쳤다 TV를 보고 따라했다
"김대중을 석방하라! 석방하라!"
전남 해남 땅끝 마을
멋모르는 아이 때문에 부모가 고초를 당했다.

이모는 늘 말했다.
또 떨어지더라도 그에게 한 표를

죽음도 두려움 없는 그에게
의심 없는 믿음과 기다림을…….

이 나라에 다시 배고픔이 오고
그가 대통령이 되었다.
사람들은 금을 모았고
그는 노쇠한 몸으로 세계를 돌았다.

김정일을 만났고
IMF를 이겼고
노벨 평화상을 받았다.
그리고 자식들이 감옥에 가는 것을
그저 지켜봐야 했다.

후임의 죽음에 슬퍼했고
한없이 눈물만 흘리다
결국 눈을 감았다.
먼 하늘에 별이 졌다.
다시 볼 수 없어 더 보고 싶다.

09. 08. 21. ㄱ ㅁ ㅅ.

5월 18일

비가 내립니다
그것은 눈물인지도 모릅니다
하지만 그것은 이제 비여야 합니다
그날의 울부짖음이 이제는 단비가 되어
타는 목마름을 적셔주어야 합니다

비가 내립니다
삼십 년 전 아픔이 씻겨 내리며
대지를 적시고 사람을 적시고
대한민국을 새롭게 하고 있습니다

우리는 아직 목마르지만
오늘 눈물처럼 내리는 이 단비는
다시 천년의 민주주의를 이어갈 거름이 될 것입니다

비가 내립니다
어쩌면 눈물인지도 모릅니다
상처 난 가슴을 적시는 아픈 이 비에
오늘 대한민국이 젖어듭니다
오늘 대한민국은 울어도 좋습니다

읽자 읽자 읽자 그리고 또 읽자

우리의 배움에 대한 수준은 높아졌다.

석사와 박사가 오가는 길에 수없이 발에 걸리고

대학을 나오지 않은 사람이 더 귀하게 적다.

그래서일까?

글을 쓰는 사람들이 많아졌다.

연예인은 물론이고 일반인들도 쉽게 글을 쓰고 책을 낸다.

그런데 쓰는 사람에 비해 읽는 사람은 줄어들었다.

일부 유명 작가를 제외하면

나머지는 책을 베개로 써야 할 형편이다.

잠잠히 고민해본다.

쓰는 사람은 많아졌는데 읽는 사람은 줄었다는 것은

다시 말하면 참 읽을거리가 없다는 반증이기도 하다.

우리의 수준은 높아졌고 많은 사람이 글을 쓴다.
하지만 우리의 삶은 더 치열해졌고 판단은 획일화되었으며
다만 경쟁을 위한 몸집 불리기만 계속되었을 뿐 깊이가 없다.

우리는 더 신중해야 하며 조심스러워야 했다.
상대를 의식하며 글을 쓰자는 것이 아니라
스스로의 깊이를 위해 고민했어야 한다는 것이다.

우리는 다시 돌아가야 한다.
처음이 아닌 바라던 모습으로
우리의 삶을 바꾸어야 한다.
한 줄을 하루처럼 써야 하고
나를 넘어선 깊이를 위해 노력해야 한다.

그래서 우리의 글쓰기엔 불황이 없어야 한다.
가분수처럼 쓰는 사람만 많은 부끄러운 과시욕이 아니라
언제나 뜨겁게 타오르는 용광로가 되어야 한다.
불순물 없이 순수한 글쓰기가 되어야 한다.

그러기 위해서는 우리가 먼저
읽자 읽자 읽자 그리고 또 읽자.

한 편을 위해 백 편을 탐독하고

한 줄을 위해 생을 걸듯 몸부림쳐야 한다.

먼저 읽고 나중에 아주 나중에 써야 한다.

읽자 읽자 읽자 그리고 아주 나중에 쓰자.

사랑주의자

지난 물건들을 정리하다가 오래된 상자 안에서 귀한 추억 하나를 발견했다. 고등학교 시절 내 고민을 정리하며 손수 만들었던 책갈피였다. 노란색 색지에 꼭꼭 눌러쓴 글귀를 보며 내 지난날의 고민들에 감사한 마음이 들었다. 고맙게도 그 시절에 나는 수학문제를 하나 더 맞추기 위해 애쓰는 것보다 무엇을 위해 어떻게 살 것인가에 대한 고민이 많았던 것 같다.

그 시절, 정확하게는 고등학교 1학년 때, 나는 한 시인에 단단히 빠져 있었다. 그는 바로 레바논의 시인 칼릴 지브란이었다. 철학자이며 시인이고 또 화가이며 소설가였던 칼릴 지브란, 사랑에 대한 맹목적 맹신으로 나를 빠져들게 했던 안내자였다.

"보여줄 수 있는 사랑은 아주 작습니다. 그 뒤에 숨어 있는 보이지 않는 위대함에 견주어 보면."

"나는 영원토록 이 해변을 거닐고 있습니다. 모래와 물거품 그 사이 높은 파도에 나의 발자국은 지워져 버릴 것입니다. 바람이 불어 물거품 또한 날려버릴 것입니다. 그러나 이 바다와 이 해안은 영원까지 남을 것입니다."

쇼펜하우어의 『인생론』에 갇혀 절망의 끝, 페시미즘에 허우적대고 있는 내게 삶을 다시 바라보게 해준 칼릴 지브란의 신비주의는 한창 고민이 많던 시절의 내게 힘이 되어준 벗과 같았다. 그리고 나 또한 그처럼 나만의 독창적인 사고와 시선으로 삶을 바라보고 싶은 욕망이 일었다. 그 욕심이 나를 오래 고민하게 했고, 결론에 도달할 무렵 책갈피에 내 생각을 정리해 '사랑주의자' 라는 신조어를 만들었었다.

책갈피의 글을 하나하나 소중히 읽어본다. 조금 부끄럽기도 하지만 그 마음이 변한 것은 아니다. 잠시 잊은 것이 오히려 내게 미안하다. 모태 신앙으로 삼십 년을 살아온 내게 어쩌면 당연한 내용이지 않았나 하는 생각이 든다. 하지만 한 자 한 자 고민하고 애쓴 흔적이 글에 묻어나와 나를 다시 돌아보게 한다. 다시 그 시절로 돌아갈 순 없지만 그 마음으로 살고 싶은 심정이다.

〈사랑주의자의 열 가지 덕목〉

1. 나는 주의 은혜로 세상을 경험한다.

2. 나는 주의 열정으로 세상 앞에 자유롭다.

3. 나는 주의 손으로 이웃을 섬긴다.

4. 나는 주의 입술로 친구를 비평하지 않는다.

5. 나는 주의 귀로 먼저 들어준다.

6. 나는 주의 일꾼으로 늘 겸손하다.

7. 나는 주의 종으로 고난 중에 초연하다.

8. 나는 주의 생각으로 분 내며 다투지 않는다.

9. 나는 주의 증인으로 형제에게 평안을 끼친다.

10. 나는 주의 말씀으로 담대히 전도한다.

"나는 보수적이나 평등한 개혁자, 주의 마음으로 삶을 사랑하는 자다!"

지금 읽어 보니 조금 고치고 싶은 부분도 있고 민망함도 느낀다. 하지만 가감 없이 쓰고 읽고 다시 생각해보기로 했다. 내가 처음 정한 나의 마음과 행동 지침이며 나를 나타내는 귀한 표현들이기 때문이다.

글처럼 살려면 성자가 되어야 할지도 모르지만 그 시절을 생각하며 미소와 함께 지난 내게 박수를 보낸다. 정말 잘 고민하였다.

책갈피의 글을 하나하나 소중히 읽어본다.
조금 부끄럽기도 하지만 그 마음이 변한 것은 아니다.
다시 그 시절로 돌아갈 순 없지만 그 마음으로 살고 싶은 심정이다.

그 사람

비 오는 거리
비좁은 카페에 앉아 시간을 기다리는 사람들
기억 속에 추억을 단다.

사진처럼 멈춰 선 부끄럼 가득한 시간들
쓰디쓴 커피 향처럼 잡을 수 없었던
한 사람의 마음

풍경 하나가 내 마음으로 들어온다.
지친 발걸음 머물던 자리
온 마음을 마주했던 이름

시간 넘어 소박한 추억 하나
가슴에 피어 푸르른
기다리던 그 사람

제 5 부

나를 위한 선물

딸이 웃는다
나도 웃는다
딸이 운다
그래도 나는 좋아 웃는다

바람이 분다

바람이 분다.

땀 젖은 정비공의 이마에도 하품하는 슈퍼아저씨의 슬리
퍼 속 맨발에도 소리치며 놀고 있는 초등학교 아이들의 뺨
사이로 바닷가에 데이트 나온 연인들의 마음에도 고민 많은
김 대리의 열린 창가에도 수업 중에 문자 보내는 대학생의
무료한 콧등에도 빵 굽는 아저씨의 밀가루 덮인 손등에도 엄
마의 젖을 빨며 벌겋게 달아오른 아기의 얼굴에도…….

낮에도
밤에도
일하거나
쉬는 동안에도

햇살이 눈부신 아침에도 바쁜 일과 중에 망중한을 느끼는
점심시간에도 비가 내려 우울한 한낮에도 군것질이 간절한

늦은 오후에도 바쁜 걸음을 옮기는 퇴근 시간에도 맛난 식사
를 나누는 저녁에도 드라마에 빠져 있는 한밤중에도 그리워
잠 못 드는 새벽에도 그러다 다시 시작되는 이른 아침에
도…….

바람은 분다.
똑같은 바람이
늘 다르게 불어온다.

바람이 분다

햇살이 눈부신 아침에도 바쁜 일과 중에 망중한을 느끼는 점심시간에도
비가 내려 우울한 한낮에도 군것질이 간절한 늦은 오후에도
바쁜 걸음을 옮기는 퇴근 시간에도 그리워 잠 못 드는 새벽에도…

탄생의 비밀

엄마 젖을 충분히 먹고 부르튼 입술을 굳게 다물고 이제 자고 싶다는 의사표시를 하고 있는,

태어난 지 일주일밖에 되지 않은 우리 딸 하은이의 모습을 보고 있다.

알지 못했다, 한 생명이 태어나는 것이 전 우주가 숨을 죽이며 바라보는 일이라는 것을.

그래서 생명은 존재 자체만으로 충분히 귀하고 소중한 의미라는 것을.

내 어머니도 나를 그렇게 낳으셨고 나 또한 아내와 함께 아이를 맞았다.

전혀 객관적일 수 없는 일, 그것이 내 아이를 바라보는 마음이다.

어찌 이리 예쁘고 사랑스러울 수 있을까?

그것은 생긴 모양이나 그 어떤 것에 좌우되는 것이 아니었다.
그것은 사랑으로 시작된 아이가 40주 동안 모태에 있다가
20시간의 사투 끝에야 만나 비로소 알게 되는 신비였다.

무엇보다 아내에게 감사했고 아기에게 고마웠다.
목숨을 건 해산의 수고가 있은 후 듣게 되는 아이의 첫 울음,
그것은 꿈보다 고운 노래이며 사랑이었다.

나는 이 아이를 사랑한다.
아니,
사랑할 수밖에 없다.

어찌 그 긴 생명 탄생의 과정을 경험하고 사랑하지 않을 수
있을까?

귀한 아이를 선물로 주신 하나님께 감사한다.
그리고 내게 주어진 또 하나의 책임에 무한 감동을 느낀다.

아이를 존중하는 아버지가 되려 한다.
물론 그것은 힘든 일이겠지만
아이를 사랑하는 만큼 더 아끼고 노력하며

내게 더 감사한 이 하루하루를 귀하게 살아가고 싶다.

나를 세상의 전부로 의지하는 내 아기를 위해서라도.

아내

　'어떻게 살 것인가'는 '누구와 살 것인가'와 같은 질문처럼 여겨진다. 사람에게 가장 큰 영향을 미칠 수 있는 존재가 바로 사람이기 때문이다. 최근에 한 TV프로에서 짝을 찾아 합숙하고 서로 알아가고 마지막에는 짝을 찾아 공개 고백을 하는 프로를 즐겨보고 있다.

　그 프로를 보며 의외성에 놀라기도 하고 같은 마음에 미소 짓기도 한다. 그리고 자꾸만 내 옆에 있는 그녀를 바라보게 된다. 우리의 첫 만남에서부터 시련 그리고 추억과 결혼까지……

　항상 마지막에 느끼는 것은 놀라움과 감사다. 지금 내 모습은 예전의 내 모습과 많이 다르며, 그녀 또한 나와 같기 때문이다. 어쩌면 사람만이 사람을 가장 빨리 그리고 많이 변화시킬 수 있는 방법인지도 모르겠다.

당시 나는 열정적이지만 거칠고 고집 많은 트러블메이커였으며 아내는 나와 정반대로 뭐든지 적당히 하는, 넘치지 않는, 늘 한결같은 밋밋한 사람이었다. 하지만 둘은 만나 사랑했고, 열정과 사랑은 남고 고집과 적당주의는 사라졌다.

막상 결혼에 대해 이야기하려니 부끄러운 것이 사실이다. 아직 삼 년이 조금 지난 새내기 부부가 결혼을 논하는 것은 성급한 일일 수도 있다.

하지만 아기가 태어나면서 새삼 삶을 다시 돌아보게 되고 생각도 많아졌다. 그리고 요즘 나의 가장 큰 감정인 감사에 젖는다. 사랑하여 결혼했고, 사랑으로 아이를 품고 부모가 되었다. 그것만으로 감사는 충분한 듯 보인다.

삶이 지금처럼 감사로 가득하길 기도한다. 그리고 항상 같은 곳을 보려 노력하고 따라준 아내에게 감사한다. 삶은 누구를 만나는가에 따라 달라짐이 분명하다.

어느 TV 광고에서 '남편은 남의 편' 이라는 말을 들었다. 당황스럽지만 틀리지 않은 것 같아 낯이 뜨거워졌다. 나도 아내에게 남의 편으로 여겨지진 않았는지 고민해본다. 아내가 집안의 태양이라면 나는 남의 편이 아닌, 남을 편애하는 사람이어야 하겠다.

북한에서는 아내를 '안해'로 쓴다고 한다. 아내가 집안의 태양이라는 뜻이란다. 집안의 어둠을 몰아낸 사람, 내 사람을 바라보니 정말 그렇다. 집안에 구겨진 마음을 펴고 어둠을 몰아내고 밝은 웃음이 가득한 가정이 되게 해주었다. 우리 집에, 내 안해, 아내가 있어 참 행복하다.

자꾸만 내 옆에 있는 그녀를 바라보게 된다.
집안의 어둠을 몰아낸 사람.
우리 집에, 내 안해, 아내가 있어 참 행복하다.

비싼 서울

삼 년 전, 서울살이 시절 이야기다. 급하게 이직을 하고 본격적인 삶의 터전이 될 의왕아파트로 이사하기 전, 인덕원의 원룸에 두 달가량 머물게 되었다. 이름도 낯선 인덕원, 삼십 년 평생 이런 곳이 있는 줄도 모르고 살았는데, 옛날 젊은 선비들이 과거시험을 보기 위해 서울에 입성하기 전 묵어가던 곳이라고 한다. 과거를 보러 가는 길은 아니었지만 나도 인덕원과 그렇게 인연을 맺게 되었다.

처음부터 신혼집이 될 의왕으로 가지 못한 것은 사람이 들고 나는 데 시간이 필요했기 때문이다. 그래서 할 수 없이 두 달 동안 살 방을 구하게 되었다. 두 달 내내 여관에서 보낼 수는 없는 일이니 임시 거처를 마련해야 했던 것이다. 하지만 문제는 돈이었다. 부산 같으면(자꾸 부산을 비교 대상으로 삼게 되는데 아주 어린 시절을 빼놓곤 내내 그곳에서 살아, 그곳 말고는 딱히 아는 곳이 없기 때문이니 오해 없길 바란다) 집을 사고도 남을 돈으로 전세를 얻고 나니, 말 그대로 수중에 돈이 거의 바닥이 난 상태였다. 그래서 살 집을 찾아 헤매는 내내 돈 걱정을 해야 했다. 하지만 돈은 둘째 치고 원룸 주인들은 두 달 살다 갈 뜨내기에게는 방을 내주길 꺼렸다.

그런데 그런 나의 사정을 뻔히 알고 있다는 듯 한 곳에서 제안을 해왔다. '두 달에 월 70만씩 140만원 선불 보증금 없이.' 월세가 너무 비쌌지만 근처 지리도 잘 모르고 직장에서도 가까워 계약했다. 당장 살 곳이 필요한 형편이라 어쩔 수 없이 남은 돈을 모두 털어 주었다. 그리고 그때부터 나의 궁상맞은 인덕원 생활이 시작되었다.

사 먹는 돈이 아까워 늘 원룸에서 손수 지은 흰 밥과 집에서 챙겨온 밑반찬으로 라면과 함께 끼니를 해결했다. 당장 집에다 전화해 SOS를 요청하고도 싶었지만, 부모님의 걱정을 조금이나마 덜어 드리고 싶은 장남의 자존심 같은 것이 차마 그것을 못하게 했다.

그러던 중 나를 정말 서글프게 하는 일이 생겼다. 첫 월급을 받고 오늘은 나에게 선물하자는 마음으로 제일 좋아하는 삼겹살을 사 먹기 위해 식당으로 발걸음을 향했다. 그런데 정말 깜짝 놀랐다. 삼겹살 1인분이 무려 12,000원이었다. 부산에선 1인분에 5,000원 혹 비싸야 7,000원 하던 삼겹살이 금을 둘렀는지 두 배 정도 더 비쌌다. 마음속의 나와 몇 번을 갈등했다. '그래도 먹자. 아니 아니야 너무 비싸.' 한참을 고민 끝에 결국 슈퍼에 들러 스팸을 사 들고 원룸으로 향했다.

당장 삼겹살을 사 먹는다고 내 인생에 큰 어려움이 오진 않았다. 하지만 마르고 마른 주머니 사정상, 그리고 아직은 견딜 만해서 발길을 돌렸다. 또 주말에 부산 집에 다녀오려면 기차표 값도 만만치 않아 참는 것이 맞았다. 그런데도 한숨이 나왔다. 같은 나라, 같은 하늘 아래 서울은 너무 비쌌다. 그리고 지금 나는 너무 가난했다. 갑자기 그리워지는 것들이 많아졌다.

일상 ●

아침 7시 30분 출근을 서두르며
집에서 5분 거리에 있는 전철에 오른다.

10분쯤 지나 광안리 역에서 내려
카풀을 하고 실험실에 도착

매일 보는 얼굴들이지만 반갑게 인사하고
이메일 확인하고 월중 행사계획표를 확인한다.

업무와 관련된 이야기로 관련 기관에 전화를 하고
sampring을 위해 자동차에 시동을 건다.

12시가 다 되어갈 즈음 오전 업무를 마무리하고
점심 먹기에 고심한다. 어떤 음식을 먹을까?

오후 일정이 없는 날은 보고서를 작성하고 검토하고

잠시 시간이 나면 인터넷 서핑과 독서도 잠깐 한다.

중간중간 아내에게 전화해 사랑하는 아기의 안부도 묻고
집안일과 관련해 이런저런 이야기를 나눈다.

오후 5시 30분 퇴근 시간
실험이나 업무가 없는 날은 조금 일찍 퇴근하고 아니면 야근

다시 카풀을 하고 집으로 돌아오는 길
몇 킬로 앞 수영에서 내려 한 시간가량 산책 및 걷기운동

집에 도착해서 아내와 아기에게 반가운 인사
샤워하고 식사하고 뉴스 보고 라디오 듣기

잠들기 전 기도하고 책을 보며 졸다
나도 모르게 깊은 꿈속으로

늘 같지만 다른 오늘에 최선을 다하며
일상이 주는 여유와 고민에 감사하며 만족한다.

나를 위한 선물

직장생활을 시작하며 내게는 특별한 습관이 하나 생겼다. 그건 가끔 나를 위해 나에게 선물을 하는 것이다. 월급의 의미와 직장인의 삶을 더 의미 있게 즐기기 위한 나만의 방법이다. 물론 그것을 핑계로, 갖고 싶지만 그냥 사기에는 무언가 불편한 것들을 마음 편히 살 수 있는 거리를 만들기도 했지만, 이 일은 내게 돈의 의미와 삶의 즐거움을 알게 하는 큰 기쁨이 되었다.

요즘 그 즐거움을 누리기 위해 나를 위한 선물을 준비 중이다. 그런데 딱히 떠오르는 것이 없다. 돌아보니 직장생활 8년 동안 나를 위한 선물을 많이 해주었다. 자전거도 접이식으로 선물했고 아이패드, 아이폰, 닌텐도 위에다 노트북, PSP까지, 돌아보니 나이 서른다섯에 장난감이 넘쳐난다.

사정이 이렇다 보니 절로 감사가 나온다. 그중에서도 아내에게 감사하는 마음이 크다. 시를 쓰는 사람에게는 특별한 자극이 필요하다며 아내는 무리가 없는 물건 구입에는 살짝 눈을 감아주었고 때론 내게 선물해주기도 했다. 또한 매달 받는 용돈도 적지 않아 활용할 수 있는 범위가 넓은 것도 감사할 일이다. 그리고 아내와 맞벌이를 하고 있어 이 같은 일이 부담 없이 가능한 것도 감사하다.

요즘 내가 관심을 가지고 있는 것은 자동차다. 물론 가족을 위한 세단은 내년에 구입할 예정이지만, 카풀을 하는 실험실 동생이 지난해 말 결혼하고 이사를 해서 내게도 새로운 교통수단이 필요하게 되었다. 처음엔 두 바퀴 자동차인 세그웨이나 귀여운 스쿠터를 구입할까 생각도 했지만 뭔가 성에 차지 않았다. 그래서 조금 더 욕심을 내 소형차에 관심을 두고 있지만, 딱히 내게 주고 싶은 선물은 아니다. 남자가 자동차에 관심을 갖는 것은 본능에 가까운 로망이지만 운전이 서툰 내게는 관심일 뿐, 욕심까지 가지는 못한다.

그도 그럴 것이 곰곰이 생각해보면 최근에 나는 딱히 욕심이라는 것이 없다. 태생이 재미를 좋아해 새로운 것에 관심이 많지만 관심을 갖는 주기가 짧아 성실한 얼리 어답터도 되지 못한다. 하지만 호기심이 덜한 것은 아니다. 그런데 요즘 배부른 노인네처럼 모든 것에 흥미가 없고 만족스럽다.

그래서 이런 이상한 나를 잠잠히 고민해봤다. 무엇 때문일까? 그래도 짧지만 오지랖 넓게 여기저기 기웃하며 지냈는데, 가을이라 그런 것일까?

그런데 오늘 그 이유를 깨닫게 되었다. 아내가 보행기를 살까 말까 고민하며 말을 건넸는데, 갑자기 미치도록 보행기를 사고 싶다는 생각에 사로잡혔다. 나의 배부른 노인네 같은 마음은 무엇보다 가장 큰 선물인 내 딸 하은이 때문이었다. 이처럼 사랑스럽고 귀한 선물을 받았는데 또 무엇이 필요했을까? 돌아보니 답은 간단했다. 나의 기쁨의 원천을 옆에 두고 더 필요한 것이 없나 고민하는 것은 어쩌면 어리석은 짓이다.

그래서 이번엔 나를 위한 선물 대신 하은이를 위한 선물을 하나 준비하기로 했다. 내 마음은 귀여운 딸을 위해 인형을 선물하고 싶지만, 아직 인형을 모르는 시기라 가장 필요한 보행기를 생각하고 있다. 인터넷이며 책자를 뒤져가며 좋고 나쁘고를 꼼꼼히 따지고 있다. 그런데 참 묘하다. 딸을 생각하니 내게 선물하는 것보다 더 설레고 기쁘다. 아마도 주는 기쁨이 이런 것인가 보다. 앞으로 당분간 내 선물은 없을 것 같다. 딸에게 줄 선물을 생각하는 것만으로 이렇게 좋은데

굳이 내게 무엇이 필요할까? 다시 미소와 함께 감사가 흘러
나온다. 참 행복하다. 딸이 있어 감사하다.

잠자는 딸을 본다
꿈을 꾸는지 뒤척이다 웃는다
그런 딸을 보며 나도 따라 웃는다

잠시 자고 일어난 우리 딸
하은아 하고 부르니
씩하고 웃어 보인다

전화가 걸려와 돌린 시선
조금 기다리다 울음을 터트리는 내 딸
조심히 들어 안으니 금세 다시 웃는다

품에 안긴 따뜻한 하은이
달큰한 젖 냄새도 난다
기분이 좋아 혼자 또 웃는다

딸이 웃는다
나도 웃는다
딸이 운다
그래도 나는 좋아 웃는다

배우자를 위한 기도

3대를 이어온 영성 깊은 복음의 가정이길 소망합니다.

나를 세상의 처음으로 사랑하되 나보다 주님을 더 사랑하는 영성의 자매이게 하시고

사랑의 은사, 사모의 은사로 하나님의 비전(선교사)을 꿈꾸게 하소서.

목소리는 평안의 찬양(리더)을 고운 손은 은혜의 찬양(피아노)을

몸은 기쁨의 찬양(섬김)으로 불신자들을 향한 긍휼의 마음(전도)을 가진

주님의 달란트를 가진 자매이게 하소서.

아버지의 영광을 위해 세상을 섬기되

사람을 살리는 직업(의사, 간호사, 약사, 교사)을 가진 자매이
게 하소서.

또한 내 집을 찾는 모든 이에게 언제고 맛난 식사를 대접
할 수 있는

탁월한 요리 솜씨를 허락하시고

예수님 닮은 인격으로 못난 사람의 허물까지 덮는(침착하고
지혜로운)

은은한 성품(부족한 나를 믿고 따르는)이게 하소서.

모든 삶을 기도함으로 주님을 향한 시선(주일성수) 놓치지
않는

영혼이 닮은 주님이 택하여주신 정녕 내 사람이게 하소서
(삼각형).

(눈이 크고 볼살이 많고 작고(160) 마른(45) 체격)

그러나 이 모든 것에 앞서 그에 합당한 내가 되도록

먼저 준비된 사람이게 하소서.

우리 주 예수 그리스도의 이름으로 기도합니다.

아멘

더 늦기 전에 블로그에도 올리고 기록도 남기기로 마음먹었다. 어쩌다 보니 소중한 추억 하나를 저 구석에 방치하고 있었다. 대학생이 되고 대학생 선교단체에서 처음으로 사랑하는 사람을 위해 기도했고 그 끝에 아내를 만났다. 기도를 다시 확인했고 8년 연애 끝에 많은 반대를 이기고 결혼했다. 그리고 일 년, 아내는 임신을 했고 지금은 돌을 준비하는 귀한 딸을 얻었다.

돌아보니 꿈만 같다. 그리고 처음 시작은 대학 신입생 때 기대와 두려움으로 작성했던 이 기도문에서부터였다. 아내는 정말 이 기도와 똑같은 사람이었다. 내 기도가 다소 낮간

지럽게 느껴지기도 하지만 기도는 그냥 땅에 떨어지는 법이
없다. 그 진실에 더욱 감사한다. 누군가 내게 묻는다면 대답
은 한 가지다. 끝까지 참고 기다리는 자에게 꿈은 반드시 찾
아온다.

아버지와 아버지

아버지 이야기를 잠깐 하자. 내겐 아버지가 두 분 계신다. 한 분은 내가 초등학교 4학년 때 돌아가셨고, 10년 뒤에 또 한 분의 아버지가 생겼다. 처음엔 그것이 부끄러웠다. 어머니가 원망스러웠다. 그때 내 나이 17살, 어머니가 새아버지를 처음 만나던 해다.

지금은 어떠냐고? 물론 감사한다. 철없던 나의 반항을 끝까지 품어주시고 우리 가정을 성실히 지켜주신 새아버지. 이제 그 이름 앞에 '새' 자를 빼 드리고 싶다. 하지만 늘 죄송한 것도 사실이다. 나는 아직 고향 둔덕의 아버지를 더 사랑하는 것 같다. 내 어머니께 고마운 아버지이지만 나는 지난 추억을 담고 있는 고향 둔덕이 더 그립다.

아들은 아버지로부터 배운다. 그래서 나도 어느 순간인가 아버지를 닮아가고 있다. 그래서 요즘은 고향 둔덕에 더 미안한 마음이다. 하지만 어쩌겠는가? 세월은 과거를 자꾸만

멀어지게 한다. 나는 마음에 두 분의 아버지를 모시고 있다. 그래서 한때는 불편했지만 이제는 두 분의 삶을 고스란히 닮은 진짜 아들이 되었다. 그리고 어느새 나도 아빠가 되어 있다.

내게도 아버지가 있었다.
그리고 지금도 있다.

늘 누워만 계셨다. 노래도 잘하시고 기타도 잘 치셨지만 내게는 무서운 분이었다. 자주 웃고 자주 우셨지만 내게는 무섭기만 한 분이었다. 마지막 숨을 몰아쉬며 부르시던 나의 이름, 사람들은 듣지 못했어도 나는 들을 수 있었다. 아버지를 사랑했다. 그래서 미워했었다. 10살 어린 소년은 아버지가 다시 웃으며 노래 부르실 줄 알았다. 고향에 남아 둔덕이 되실 줄 몰랐다.

10년 만에 아버지가 다시 생겼다. 소리도 질렀고 화도 내봤지만 10년 만에 다시 아버지가 생겼다. 높고 크고 불편한 산이었다. 혼자 누워 아파하는 나를, 내가 밀쳐도 안아주셨다. 내 사랑하는 딸을 나보다 더 사랑하셨다. 그래도 고향 둔덕이 그리웠다. 그래서 더 미안했다. 술을 좋아하셨지만 노래는 늘 슬프게 들렸다.

나의 버릇없는 자유도

이유 없는 당당함도

서툰 면도 솜씨도

누군가를 사랑하는 방법도

모두 아버지께 배웠다.

내게도 아버지가 있었다.

그리고 지금도 있다.

나도 아빠가 되었다.

그래도 고향 둔덕이 그리웠다.

내게도 아버지가 있었다.
그리고 지금도 있다.
나도 아빠가 되었다.
그래도 **고향** 둔덕이 그리웠다.

정체성

당신에게 묻습니다.
당신은 나를 세모로 생각합니까?
아니면 네모로 생각합니까?

마음은 내게 대답합니다.
나는 당신을 당신으로 생각합니다.
당신은 고민하지 않아도 됩니다.

하지만 나는 자꾸 묻습니다.
당신은 나를 동그라미로 봅니까?
아니면 마름모로 봅니까?

마음은 내게 또 대답합니다.
나는 당신을 당신으로 보려 합니다.
당신은 고민하지 않아도 됩니다.

그리고 이번엔 마음이 묻습니다.
당신은 얼마나 살고 싶나요?
당신은 당신 마음대로 살 수 있나요?

우리의 마지막이 언제일지 모른다면
당신은 당신답게 살아야 합니다.
누군가가 당신을 어떻게 보는지는 중요하지 않습니다.

누가 당신을 세모로 보나요?
누가 당신을 네모로 보나요?
당신은 세모도 네모도 아닙니다.

당신은 당신인 채로
당신만의 특별한 모습으로 살 것입니다.
당신은 동그라미가 아닙니다.
당신은 마름모도 아닙니다.

나는 나일 뿐입니다.
누가 어떻게 봐주어서가 아니라
당신은 처음부터 당신이었습니다.
나는 나입니다.

고향이란 곳이 그런 곳인가 봅니다.
아직 기억 속에서 나를 부르는
그립고 애잔한 먼 사랑노래 같은 마음의 본향
그리운 쉼터······.

아내의 여행

아내가 언니(처형)의 늦은 결혼을 핑계로 5일 동안 여행을 떠난다.

경기도가 고향인 아내는 방학이면 매년 서울을 오가곤 했는데, 사랑하는 딸 하은이가 생긴 뒤로는 2년 만의 서울 나들이다.

아내는 2년의 공백을 채우려는 듯 단단히 준비 중이다.

갈 때는 KTX로 기차 여행을, 올 때는 비행기로 깔끔하게 마무리할 생각이다.

아내는 생각만으로 신이 났는지 벌써 서울 친구들과 약속 잡기에 열심이다.

그런데 문제는 아내가 아닌 나다.

누군가는 아내의 여행을 휴가로 표현하며 부러워하고

누군가는 솔로의 기분을 다시 맛볼 수 있는 시간이라 귀히 여기라 하지만 개인적으로는 아내의 여행이 반갑지만은 않다.

늘 아내와 함께였다.

남들은 가고 싶어 안달한다는 직장도 마다하고 내려왔다.

그런데 며칠이지만 아내가 여행을 간다 하니

막막하고 섭섭하고 허전하기까지 하다.

물론 기대함도 없는 것은 아니다.

밤새 못다 읽은 책을 읽고

먼 친구를 이유 없이 만나 식사도 하고

좋아하는 커피도 마음껏 마시고 등등

그런데 놀라온 것은

아내와 함께할 때와는 다르게 기대가 적다는 것이다.

다시 한 번 느끼는 아내의 소중함이다.

아직 떠나지 않은 아내를 나는 벌써 그리워하고 있다.

5일은 생각해보니 길지도 짧지도 않은 묘한 시간이다.

아내가 없어도 지각하지 않았으면 좋겠다.

아내가 없어도 식사를 거르지 않았으면 좋겠다.

운동도 조금 하고 글도 많이 읽고 또 썼으면 좋겠다.

묘한 일이다. 부부란 이런 것인가?

3년 차의 건방진 소리도 해본다.

아내가 여행을 간다.

그리고 늘 동행하던 나는 이번엔 없다.

평소엔 혼자 있는 시간을 좋아하는 나지만

있는데 없는 것과 없어서 없는 것은 차이가 있다.

아내가 내게 차지하는 자리가 내 생각보다 커서 감사하다.

"여보, 빨리 돌아오세요."

"설거지, 빨래 안 미루고 열심히 하고 있을게요."

땅끝 고향에 다녀오며

고향에 다녀왔습니다.

15년 만인 것 같습니다.

나름 결심을 하고 미뤄오던 일을 이제야 마무리한 것입니다.

가슴에 맺힌 한이라도 풀듯 시원할 줄 알았습니다.

다시 돌아가지 않을 만큼 실컷 누리다 올 생각이었습니다.

하지만 상황은 내 마음과 같지 않았습니다.

그리운 땅끝 해남은 너무 많이 변해 있었고

어떤 면에선 안타까운 마음이 들 만큼 낡아 있었습니다.

그립던 것들은 사라지고, 보기 좋은 떡들만 남아 있었습니다.

지난날 내가 자란 집에도 가보고 다니던 학교에도 가보았
지만

내가 기억하던 고향은 이미 내 기억 속에서만 존재하고 있
었습니다.

세상의 끝에서 인생의 바른 끝을 찾아

다시 다짐을 한 가지 하고 왔습니다.

자주 와야겠다, 기억이 더 희미해지기 전에

아직 남아 있는 것들이라도 눈에, 마음에 더 담아두어야겠다

다짐하고 생각했습니다.

그래도 다행인 것은 집안 납골당이 따뜻한 곳에 있어

그립던 아버지가 더 애잔하지는 않았습니다.

다만 추억이 더 목말랐고 기억이 더 아쉬웠습니다.

다녀오길 참 잘하였습니다.

이렇게 다녀오지 못했다면 또 오해하고

다시 그리울 그곳을 영영 잊을 뻔했습니다.

날이 따뜻해지면 가족들과 다시 다녀오기로 했습니다.

이번엔 굳은 마음이 아닌 애잔한 그리움으로

여기저기 잘 보고 기억하기로 했습니다.

다녀오니 더 그리워지네요.

고향이란 곳이 그런 곳인가 봅니다.

아직 기억 속에서 나를 부르는

그립고 애잔한 먼 사랑노래 같은 마음의 본향 그리운 쉼
터…….

두륜산 꼭대기에 있는 구름다리
평생에 한 번 하늘이 열리고
저편의 아버지와 만나는 날

시간의 끄트머리
대흥사 푸른 종소리
아버지와 함께 산을 내려온다

수박 쪼개 먹던 계곡의 평상도 이젠
기억이 쇠하듯 눈물이 마른 시든 자리
그리고 다시 들려주시는 아버지의 이야기

용서의 고탑에 번지는 일출
원망의 시간이 그리움의 시간으로
홀로 산을 오르시는 아버지

다시 오라 하시네
아직은 말고 조금 지나
다시 만나 손잡고 함께 오르자 하시네
대흥사 일주문 위로 태양이 걸리네

206

커서가 껌벅인다, 아직 더 할 말이 남았다는 듯. 이제 서른은 중간쯤 와 있다. 그런데도 나는 사춘기의 아이처럼 오락가락 자리를 잡지 못하고 있다. 세상은 여전히 불만스럽고 나 또한 답답하다. 아직도 무거워지지 못하고 있는 것이다.

그래도 다행인 것은 전에는 내 것이지 못했던 것들과 친구를 맺고 있다. 아직은 어색한 가정이라는 울타리와 남편 혹은 아버지라는 위치, 가끔은 행복이 이런 것인가 하고 생각도 해본다.

돌아보면 고맙게도 많은 사랑 안에 있었다. 그리고 그 마음에 보답하는 마음으로 부족한 마음을 글로 옮겼다. 나를 성숙하게 하고 깊어지게 하는 많은 이의 사랑에 감사한다. 하지만 시인으로서는 아직 어린 나이, 이제 막 사춘기에 접어든 불안한 아이처럼 겁 없고 무지하다.

하지만 믿고 있다. 2012년 나는 시인으로 세상을 바라보며 살고 있다고, 아니 그렇게 살아보려 애쓰고 있다고, 그래서 아직은 많이 서툴고 부족하지만 많이 부끄럽지는 않다고 스스로에게 이야기한다.

그래도 이 시절이 좋으리라. 조금 더 지나고 나면 나의 옛 시절이 그렇듯 나는 더 굳어지고 어리석어지며 평범해지리라. 그러나 두려워하지 않으려 한다. 이 시대의 사람으로 그렇게 한 시절을 같이 보내고 있음에 감사하리라.

쓰고 나니 아쉬움이 많다. 나는 여기까지 와 있다고 바닥을 보인 듯 부끄럽다. 그래도 그것이 나의 지금 모습이니 당당히 받아들이려 한다. 중언부언 말이 길어지고 있다. 이쯤에서 마무리한다. 나의 서른 살 사춘기가 더 요동치길, 그래서 더 많이 깊어지고 무거워지길 간절히 바래본다.